CW01021246

OTAGE
CHEZ LES FOIREUX

Du même auteur
aux Éditions J'ai lu

NOUBA CHEZ LES PSYS
N° 8943

De Sophie Fontanel

L'AMOUR DANS LA VIE DES GENS
N° 7479

LE SAVOIR-VIVRE EFFICACE ET MODERNE
N° 7956

FONELLE EST AMOUREUSE
N° 8084

SUBLIME AMOUR
N° 8636

La vraie vie de Fonelle, sans fard
mais avec tout ce qu'il faut de blush ?
C'est sur son blog et c'est tous les jours.
http://blogs.elle.fr/fonella

Fonelle

OTAGE
CHEZ LES FOIREUX

Samedi

On va encore dire que j'invente !

D'ailleurs ce matin, quand Toufik a ouvert la portière de mon taxi en me collant sous le nez sa foutue mitraillette, Dieu m'est témoin, la première phrase qui est sortie de mes lèvres, c'est :

— Personne va me croire !

Parce que bon, OK c'est vrai, je connais mal le Liban. OK, ce sont peut-être des marrants. OK, je veux bien, y avait encore la possibilité que le coup de l'arme brandie soit un acte arty rigolo dans le genre « welcome à la biennale de Beyrouth et coucou voici un happening à la mitraillette à eau à deux cent vingt mille euros ! ». Toutefois, sans chercher à surinterpréter, vu l'air stressé du type et les gouttelettes de sueur qui lui perlaient du chichon, même un chippendale aurait capté que l'heure était pas à la Fonelle.

Et une journaliste de la presse féminine dont le métier est de flairer les tendances avant tout le monde a toujours une bonne dose d'intuition, croyez-moi.

En plus, ce qui confirmait le côté à mort tanké dans le réel du truc, c'est que tout de suite Toufik, ni bonjour ni merde, ouste il a ouvert la portière et il a tenté de m'extirper du taxi. Avec zéro prévenances, je vous prie de croire. Il me tirait par la manche de ma chemise Lanvin, style vérifions tous ensemble si y a du Lycra dedans. Du Lycra! Dans du Lanvin! C'est là qu'en bonus, comme si me massacrer un façonnage suffisait pas, il m'a fourré le canon de son arme vers l'oreille.

C'est glacé, un canon. Rien d'étonnant à ce que ça serve à refroidir les gens.

— A soucy? j'ai demandé, conservant le plus grand calme.

Mes amis vous diraient mon sens aigu du rapport à l'animalité de l'homme.

— Obéis, il a marmonné.

Et moi :

— Tu dis?

Et lui :

— Vite!

Et moi :

— Hein?

L'incompréhension, quoi.

— Obéis! Obéis! il hurlait, me foutant son machin encore plus énorme et encore plus près droit sur mon lobe.

Il était parti à me niquer mes créoles, ce con.

— C'est mes boucles d'oreilles que tu veux? j'ai tranché.

D'homme à homme. Qu'on en finisse.

Pensez-vous que ça l'aurait décrispé? Pas une seconde! Tu lui donnais du concret et il était pas encore satisfait! Il m'a toisée, d'une force. Plein de mépris pour mes boucles d'oreilles, genre quand le sage montre la lune l'imbécile regarde le doigt.

— Obéis! il hurlait de plus belle.

— T'es gentil, mais…

— Obéis, femelle!

Ouh là! il commençait à me briser menu l'armature, le mitrailleux. J'aime pas trop qu'on me fasse perdre mon temps le seul après-midi où je peux glander. Si une pensée ne m'avait pas arrêtée pile sur ces entrefaites, j'étais lisière de l'insulter et de lui en faire voir trente-six keffiehs. Or je me suis souvenue que j'étais dans son pays et que c'était déjà gentil qu'il parle ma langue. Les Libanais sont nos frères en vocabulaire. En a-t-on tant que ça, des frères francophones, pour les lapider d'admonestations? Non. D'où que très sereinement, et certes en articulant perfectly à des vues de limpidité de mon propos, j'ai décidé de plutôt favoriser l'échange entre cet homme et moi :

— Mais obéir à quoi, mon kiki?

Les êtres étant imprévisibles, c'est pile là en pleine négo qu'il a vu rouge, l'Arafat de l'asphalte, et qu'il m'a sortie manu militari de la caisse. Caisse d'où je dois dire le taxi s'était lui-même déjà cassé dès le début des festivités, donc limite plus personne avait envie d'être dans cette caisse, donc no regrets. Tout aurait été encore vaguement supportable si mon Toufik ne s'était pas mis maintenant à m'enfoncer son engin énorme (et de moins en moins froid) droit dans les côtelettes.

Un violent.

Je vais apprendre à personne qu'on ne peut pas raisonner un dément armé, surtout s'il a deux dents en moins pile à l'endroit qui sert à dégoupiller les grenades. Pourtant faut pas pousser. D'un coup, ça a été terminé les mondanités, je l'ai fixé droit dans les sourcils, faciles à viser étant donné qu'ils prenaient la moitié de son visage, je lui ai dit :

— Eh l'édenté, tu me touches pas ! Si tu veux me parler, tu me causes oral, OK ?

Je sais pas, peut-être mon ton, le fait qu'avec mes talons j'avais deux têtes de plus que lui : ma stratégie a marché du feu de Dieu. Il était comme après un coup, mon gnou. Il est resté en pleine rue, sa mitraillette en l'air tel le nez d'un distrait. J'aurais pu partir, il l'aurait pas vu venir ! Et j'étais à me tâter si je me tirais ou pas, quand une voiture, qui était disons guère loin à l'arrêt, a fait vrombir ce que moi j'appelle pas un moteur, mais bon. Je pouvais en fait plus vraiment m'esquiver. Hop la tire était devant nous, et hop trois mecs en sortaient, et hop la troupe se mettait à vociférer en arabe, ou alors si c'était du québécois c'était vraiment des gens de la montagne, hein !

T'as beau adorer la langue arabe et t'intéresser à mort à chaque détail de comment on l'écrit et au son qu'elle produit, t'as beau par ailleurs être d'accord que toutes les langues sont belles et que chaque langue est l'infini des possibles dans le flux incertain des consciences, léger bémol quand tu te retrouves dans une rue de Beyrouth sud, quartier douteux fort emblématiquement pas couvert par Donatello, bref rue où y a mysteriously plus personne, ambiance les rats ont quitté le navire, avec trois gorilles, quatre mitraillettes et un gnou, et que le groupuscule jacasse un sabir tordu auquel tu comprends queue de truie, à part que t'as pas intérêt à bouger une oreille vu où qu'est pointée l'artillerie : SUR TA POMME.

Inutile de vous préciser que j'en étais réduite à les écouter.

Je me suis concentrée sur ce qu'ils baragouinaient, et devinez ce que j'ai réussi à déchiffrer? Qu'ils me connaissaient! Why que j'ai capté ça? Parce qu'ils parlaient de moi, pardi. Et ça, figurez-vous que ça a été déduit by myself parce que dans l'Euphrate de paroles qu'ils se déversaient les uns sur les autres, j'entendais de temps en temps des phrases en français comme « Je suis heureuse mais j'm'emmerde », « J'ai l'cul entre deux hommes », « Comment coucher avec un homme sans qu'il s'en aperçoive », rien que des titres de géniaux articles que j'ai écrits pour mon journal!

Est-ce à dire qu'en somme ces hommes étaient des admirateurs?

Maybe, bien que ce fût un postulat en rien corroboré par le faciès global qu'ils tournèrent vers moi à la seconde où, prise d'une crampe dans la jambe, me vint l'idée de changer de position.

— Pas bouger, a dit le plus grand, obliquant si vertement la tête vers moi que tout son turban est parti de sa tête comme un vulgaire képi pour aller se ficher dans un laurier-rose, dix mètres plus loin.

— Obéis, a dit mon gnou.

— Obéis, a dit un autre.

Du coup :

— Obéis, j'ai dit moi aussi.

En cas que ce serait typique un faux ami qui voudrait dire « hello » en libano.

Là-dessus, l'un a couru rechercher le képi de l'autre pendant que mon gnou faisait ce qu'on aurait juré être un plaidoyer en ma faveur. Il passait son temps à me désigner aux autres du plat de la main en faisant non de la tête. Après, il faisait mine de me chasser comme si qu'on se foutait de my destiny et que j'étais qu'une chiquenaude sur l'irréprochable dentelle de ses poignets, comme dirait l'autre !

Quoi qu'il en soit, faut croire que c'est pas Toufik qui avait le « final cut », car c'est Burnous nº 1, celui qui avait perdu son turban dans les circonstances narrées ci-dessus, qui a eu le dernier mot. Il a ouvert le coffre de la voiture d'un coup de botte, il m'a ordonné de monter dedans.

Des bourrins qui savaient même pas qu'on met les dames à l'avant.

J'étais à deux doigts de lui intimer à lui aussi de me causer oral. Unfortunately, qu'est-ce que tu fais quand tu n'as plus un, mais quatre crétins armés, braqués dans leur rusticité jusqu'aux caries de la petite couronne ? Y en a un qui a pris mon sac et qui l'a envoyé valdinguer vers le laurier, selon toute apparence le dernier endroit en vogue pour les effets personnels. Je vous signale que j'étais en train de perdre mon tel et mes Tic Tac à la cannelle. Ça m'a mise fumasse. J'ai dit :

— Eh, ça porte un nom, ça : c'est une prise d'otage.

Et là, surprise ! Ils ont eu un air réjoui, les premiers stupéfaits qu'on puisse labelliser professionnel leur amateurisme. Seul mon gnou continuait de se cogner le Mur des lamentations contre le capot de la voiture. Et ils le font pas souvent, les Arabes, le Mur des lamentations, faut vraiment qu'ils soient à bout. Il me montrait du doigt sans cesse comme si c'était ma faute, alors que qu'est-ce que j'y pouvais, moi !

Me vint of course l'idée de partir en courant. Mais les mitraillettes. Les mitraillettes, les amis ! Dirigées vers mon ventre tel un séminaire de spéculums. Et à prendre en compte : moches comme elles étaient, ce pouvait être que des vraies.

Voilà comment, je le reconnais, je suis montée dans ce putain de coffre, qu'ils ont refermé sur moi dans un geste à mon avis d'inutile agressivité, because ça c'est pile les bonshommes de frimer avec leur caisse en en faisant l'écrin d'airain de leurs roubignoles.

On a roulé, roulé. Il faisait une chaleur de gueux et j'ai d'office pas arrêté de parler, comme je fais chaque fois que je suis dans le noir :

— Non mais ça va pas la tête ! je disais. Roulez plus vite tant que vous y êtes ! Aïe ! Non mais il va pas bientôt se calmer, Ayrton Senna ! Aïe ma tête ! Ah le Liban, on me la recopiera ! Bonjour les sortilèges du Croissant fertile ! Aïe ! Faut pas que les gens s'étonnent après si la région pète de tous les côtés ! Aïe ! Aïe ! Aïe ! Ouille ! Eh, quand on sait pas rouler on reste au foyer !

Entre autres.

En réponse à mon laïus : nada.

Moi :

— Cause toujours tu m'intéresses !

Nada.

Moi :

— Ouais ben moi je crève de chaud en attendant ! On étouuuuffffffe ! De l'aiiiiir !

TACATACATACATACATACATACATACATA !!!!!!!!! j'ai entendu, en gros. Ils venaient de tirer dans le coffre ! J'ai compté : neuf trous, comme au golf. Respect. Je savais plus trop comment juger ces gens. Je suis restée un moment dans la perplexitad, puis, après un rapide conciliabule avec moi-même, j'ai décidé que si l'action avait été inconsidérée, au fond on s'en fichait. Comme je dis toujours : c'est le geste qui compte. Alors OK c'était pas le grand bol d'air de Saint-Malo, cependant, les enfants, je respirais déjà mieux. Ces hommes avaient une humanité.

— Merci! Fallait pas! j'ai entonné.

Fallait ça.

Comble de la chance, maintenant qu'on y voyait mieux, je me suis même trouvé un coussin. Ça a atténué les aléas du terrain accidenté.

Au bout de cette cavalcade, il a semblé qu'on était arrivés. J'en veux pour preuve qu'à un moment le moteur a ralenti son régime, d'ailleurs il a tout de suite calé. J'ai prêté oreille en cas qu'on repartirait sur les chapeaux de roues. On repartait pas. Y avait une grosse animation outside, on a ouvert mon coffre.

J'ai levé la tête.

C'était une ferme de nuit.

Et ils étaient là, les quatre, plus quelques autres, à me reluquer.

Je suis sortie de la voiture. Dois-je préciser que je me suis mise debout sans qu'on m'offre aucune aide? Clairement on n'était pas au bal du comte d'Orgel. Il se trouve que j'aime dans la vie une certaine éducation, et pour donner le ton d'une autre gamme de comportement bien plus élégant qu'on pouvait avoir, j'ai dit :

— Les amis, bonsoir! Certains d'entre vous me connaissent déjà, d'autres pas! En tout cas je remercie celui qui a eu l'idée de la ventilation, ça m'a sauvé l'aération!

Je me mettais christique les bras écartés.

Mon gnou, en français et tombant quasi à genoux devant les autres :

— Je vous avais dit qu'il fallait pas la prendre! Je vous l'avais dit!

Burnous a répliqué :

— Tais-toi, Toufik.

Et Toufik :

— On m'écoute jam...

Burnous a tapé sur la nuque à Toufik, clac, et il a ajouté :

— Obéis !

Donc le mot voulait pas dire « hello ».

Dimanche

J'en suis à me demander si, quand bien même ça aurait été au péril de my life, j'aurais pas été plus avisée de détaler fissa hier dans la rue pendant qu'il était encore temps.

Je vous le demande : c'est quoi ces glandus ?

Déjà, je disais « une ferme », sauf que, attends, c'est pas du tout une ferme. Une ferme, les bêtes sont partantes pour rester dedans, c'est cosy, y a un minimum, merde ! Alors que là :

— Ouais ben toi, tu appelles ça comme tu veux, moi j'appelle pas ça une chambrette, j'ai dit à Toufik.

Il était outré. Médusé sous prétexte que je refusais de baptiser « La Maison du Sommeil » un gourbi que si tu le files à un GI il se fait faire prisonnier par les Talibans dans l'heure qui suit pour être sûr de dormir dans des conditions décentes.

— Enfin Toufik, j'ai dû insister, t'es pas complètement miro, bordel ! Tu vois bien que c'est n'importe quoi et que dalle aménagé cordial !

— Obéis, il a dit.

— Où qu'ils sont, les draps ? j'ai demandé.

Ah ben non, ah ben pas de draps.

— Où qu'ils sont les oreillers, le sommier et la loupiote pour si je me lève la nuit ?

Ah ben il savait pas, Toufik.

Si on récapitule, il était cinq du mat, je venais de m'enquiller des heures de route pliée en tente de survie dans un coffre même pas de banque, j'étais prise en otage donc par surcroît je vous énumère pas les dommages sur ma psyché, et le bilan c'est que j'étais pas encore couchée.

Je me suis penchée vers Toufik :

— Sois un loukoum, Toufik, va me chercher un responsable.

Tronche de Toufik : on aurait dit que j'avais demandé à voir le pape en peignoir.

— On peut pas réveiller Osmane, il a annoncé.

Au passage, comme quoi j'exagère pas en parlant d'heure tardive.

Étant donné qu'on pouvait pas trop bousculer ces petits fonctionnaires, j'ai transigé :

— Pour cette nuit, admettons. En revanche promets que pour demain on arrête les conneries. Demain première heure tu me vires de ce clapier, pigé ? C'est pas dans un gourbi pareil que je...

Soudain, ça me frappa qu'il avait un large pan de moustache plus long que l'autre. Pauvre bonhomme. Sans demander aux humains d'être tous à la pointe de la fashion, on est d'accord que y a des impairs esthétiques de catégorie 9, non ?

— Écoute Toufik, j'ai pas pu m'empêcher de commencer, OK t'es pas Omar Sharif, mais au moins tu pourrais te raser symétrique !

Il a reculé contre le mur. Re-outré. Un pubère devant le soutif de sa mère !

Moi :

— Ouais ben c'est pas la peine de prendre ton air outrage à la pudeur ! On n'a pas dit qu'on allait les virer, tes poils, on a dit qu'on pourrait les niveler.

C'est pas en courant qu'il est parti, c'est au triple galop sur le cheval de l'homme invisible.

— Fallait pas la prendre! Fallait pas la prendre! qu'il psalmodiait dans les dépendances de la ferme.

Avec tout ça, j'avais sommeil. J'ai réévalué le lit. Certes, ça allait pas être le pur kif niveau literie. Toutefois, c'était jouable. Je me souvenais de la fois où je sais plus dans quelle émission (*Hollywood Story?*) j'avais vu que mère Teresa dormait elle aussi sur du dur. Ça m'a requinquée. On restait people.

Je me suis couchée, j'ai dormi d'une traite. En me réveillant, j'avais un peu mal au dos. Je comprends mieux maintenant pourquoi mère Teresa mettait un point d'honneur à délirer d'assistance à autrui, c'était pour pas penser à son dos.

J'avais envie d'un bon café.

Je vous informe que personne non plus avait l'air de trop se radiner à m'apporter un bon café.

Ils savaient pas que c'était le matin, ces gros malins?

— C'est le matin! j'ai crié très fort.

Après, un peu, j'ai eu faim.

J'ai appelé. J'ai gueulé. Personne.

Je me suis rendormie, au fond.

C'est Burnous n°1 qui est finalement venu ouvrir ma porte avec mon café.

— Où est le café? j'ai demandé, en regardant mieux.

Tu le crois que Burnous avait oublié le café! Tu le crois qu'il se la surpétait serveur stylé à entrer dans ma chambrette le torchon bien plié le bras en équerre et qu'il avait pas le café, ce niais!

Il s'est approché, il m'a tendu le torchon.

— Plaît-il ? j'ai objecté.

Eh, oh, fallait que je sois ferme. C'est pas parce que je vivais dans une… (de ferme), et qu'on était au Moyen-Orient là où les femmes se font sans arrêt charia par les hommes, que j'allais essuyer ne serait-ce que l'embryon d'un bout de vaisselle. Et cette réalité, fallait qu'il se la rentre bien profond dans la tête.

— Mets ça, il a dit.

Et moi :

— Hein ? Quoi ?

— Mets ça, salope.

Il est apparu que sur son bras, c'était pas un torchon, c'était une cagoule. Tout pour moi.

Vu l'expression pas funny sur la bobine de Burnous, j'ai enfilé son bazar. Un bon point : y avait des trous pour les yeux. Esprit maison, notez : faits à la mitraillette. Bord franc, si on optimise.

J'ai mis mes chaussures. Des pythons blanches ouvragées et incrustées Swarovski qui allaient être cochonnées, heureusement à semelles compensées sinon avec mes douze centimètres de talons je crois que c'était niet pour évoluer sur le sol avarié de la fermette.

Il faisait déjà nuit dehors. Je venais de passer la journée à roupiller sans rien becqueter. J'en revenais pas. La dernière fois que j'avais réussi un pareil prodige, c'était dans un spa en cure à trois mille euros la sieste ! Intégrer cette donnée m'a fichue de bonne humeur !

— Où on va ? j'ai demandé gaiement.

— Voir Osmane.

Et moi :

— Boulevard Haussmann ?

Aaaaaaaaaaaaaahaaaaaaaaah !

Y avait une salle, plafond assez bas, si ce n'est que les autres ils s'en tapaient, ils étaient assis. Moi, j'arrive là-dedans, je me ratatine les cervicales pour pas me râper la fontanelle au plafond, visibilité moyenne rapport à la cagoule qui me faisait rater l'ensemble du latéral, avec ça on ajoute le trip «pas de fenêtre méfions-nous de tout ce qui est chouette», et on a une idée de l'écosystème dans lequel je me trouvais. Je discernais aucun des visages, j'y voyais même pas en relief, la pénombre leur gommait les traits.

Pour le reste : ambiance relative, ou peut-être après le coup tip top du boulevard Haussmann le reste pouvait être que décevant, de toute manière. Ils se tenaient aussi solennels que le grand jury de Sciences Po, on entendait pas une mouche voler, à part une, illico butée par un type ahurissant qui était là avec un fouet, que je reconnus pour être un de mes assaillants de la veille.

Moi, Burnous me pousse, j'avance. Me voici point de mire de ces gens. Je me dis : bougeons pas, ça va les affoler. Et puis je me dis aussi : sourions-leur, ça va les amadouer. Je souris. C'est là que je me souviens que j'ai la cagoule. D'ailleurs, transmission de pensée, voilà-ti pas que genre le chef au centre des autres l'ouvre et demande à Burnous :

— Qu'est-ce que la femme fait avec cette cagoule ?

Dans un français où moi j'aurais dit que pointait un zeste d'irritation.

Burnous, no réaction, tentative «ça peut en aucun cas être moi qu'on appelle au tableau».

Du coup, le chef, hyper-vénère :

— C'est quoi cette cagoule, putain !!! Pourquoi elle a cette cagoule, putain !!! Putain, réponds !!! Réponds, putain !!!

Ces vocables apparemment pas adressés à moi mais à Burnous, et réitérés en arabe pour les monolingues présents. Burnous en menait pas large.

— Mais Osmane…

— Ta gueule !

Et les autres :

— Ta gueule !

Il avait tout le monde contre lui. Cerveau ou pas cerveau, il était en train de saisir qu'y a un temps pour tout, un temps pour rien piger et un temps pour s'expliquer. Enfin il plaida que lui depuis le début il croyait que la cagoule elle devait aller sur moi, pour pas qu'on me voie, pour que nul ne soit tenté. Sidération de Burnous apprenant que sa façon de voir n'était qu'élucubrations fétides et que cette cagoule c'était plutôt à lui, Burnous, de se la mettre telle la capote du despote, esprit Ku Klux Klan, pour préserver son incognito, en cas que, après, à ma libération « SI ELLE VENAIT À SURVENIR » je puisse jamais reconnaître mes ravisseurs dans le bookstyle de l'agence Élite.

Burnous, par sa connerie, il avait fait tout foirer.

Dégoûté, le chef il a dit :

— C'est plus la peine qu'on mette les nôtres.

Tous trop heureux ils ont retiré leur cagoule, mon Toufik y compris. J'ai à peine eu le temps de me dire que s'expliquait enfin la folie du mystère de leurs traits gommés que, devant moi, le grand Osmane s'est déployé. C'était donc bien le chef. Il s'est levé, il a contourné la table, il est venu vers mon corps. Un brun. Des poils partout hyper bien mis, et un vrai nez puissant.

Ça m'a fait un truc.

Il est resté silencieux.

Ça aussi, ça m'a fait un truc.

Doucement, il a retiré ma cagoule. Truc, truc, et re-truc. Benicio del Toro est un petit chanteur à la Croix-de-Bois à côté de ce que j'avais là à portée d'épiderme comme somme de virilité esplendide. Des yeux de miel jaune d'or pris dans un liquide quasi séminal. Une peau tannée où s'étaient creusés les sillons de l'expérience, des ridules de folie autour des lèvres comme quoi le type souriait des fois ah ah, et dans ce climat brun et barbu, vers le cou, soudain : du blanc. Du blanc, l'intimité du tourbillon d'un corps qui voit jamais le soleil mais peut-être autre chose, eh eh. Moi, un seul œil ouvert pour mieux viser l'essence du bonhomme, je m'en pourléchais déjà les babines.

Je pensais : on n'a pas ça à Paris.

C'est là qu'Osmane il a compris que je le calculais à fond, et qu'il a ordonné :

— Ôtez-la de ma vue.

Moi, direct :

— Eh oh, on cause pas de ma piaule ?

Osmane a regardé les autres, il leur a dit :

— En effet, faut la rendre.

Même que Toufik sautillait sur place, trop content d'avoir eu raison.

Lundi

Ce matin, raffut dans ma courette.

C'était mes geôliers qui jacassaient sec. De vraies gonzesses. Ils fumaient leur narguilé à ce qu'un professionnel du marketing aurait tout de suite eu envie d'appeler « Les journées portes ouvertes du babil ». Enfin, quand je dis « portes ouvertes », faut voir... j'arrivais déjà pas à ouvrir la mienne !

Tout ce bruit a alerté ma curiosité. C'était pas si facile de s'informer, figurez-vous. Si je vous dis ce que j'ai comme fenêtre, et où elle est et tout en longueur, cette meurtrière, vous comprendrez mieux pourquoi, curiosité ou pas curiosité, la seule chose que je parvenais à voir, c'était des braguettes prises de convulsions. Ça potinait sec quand Osmane est arrivé. Braguette d'Or nous a calmé tout ça. Pas besoin de trop s'y connaître en arabe pour déduire qu'on allait vers le début des emmerdements. Il était nerveux à souhait. Ça fleurait l'inverse du repos. Les autres devenaient de plus en plus tendus et de moins en moins bavards.

Bref, vu l'atmosphère, quand Burnous a surgi dans la piaule, je savais que c'était pas pour le sucre, vu qu'au demeurant y avait pas de café.

— Lève-toi, il a dit.

Moi :

— Où on va ?

Lui :

— Mets ça.

Il me tendait encore une étoffe ! Ah, ça allait pas recommencer !

Alors moi :

— T'es bouché ou quoi ? On t'a déjà expliqué qu'elle était pas d'actu, ta cagoule !

Il m'a montré que c'était pas une cagoule, c'était une robe. Quoique les coupes fussent assez semblables.

Moi :

— Oh, une djellaba !

— Abéyé !

— Eh oh, arrête deux secondes avec tes « Obéis ». Tu commences à devenir ridicule.

— Abéyé : c'est le nom du vêtement. Ici on dit pas « djellaba ».

Le président de la fédération française de la haute couture aurait pas été plus psychorigide.

— Et y a qu'ça, comme couleur ? j'ai demandé.

Naïveté de ma part, on pouvait pas demander à mononeurone de saisir les couleurs et les nuances de la gamme des pantones, j'ai dû enfiler son attirail, tant pis s'il était marron.

J'ai mis la tête, j'ai mis les bras. Ça m'allait pas si mal, eh !

Ah, du coup j'étais smiley à attacher mes grolles ! Sauf que Burnous a dit :

— Tu mets les babouches.

Il me tendait des pantoufles si pointues au bout que c'était limite s'il y manquait pas des clochettes.

— Minute, je suis pas Francis Lalanne ! j'ai dit.

— Ta gueule à fermer !

24

C'était flagrant que la djellaba elle était trop longue et que justement ça aurait été pure logique de mettre des talons avec. Eh ben non ! Burnous, avec ses raisonnements lalalaïtou, il préférait que je marche sur une robe prêtée.

Ensuite, on est tous montés dans la voiture de la veille. Elle s'écrasait de cinq centimètres dès que quelqu'un s'installait dedans, ça semblait pas les émouvoir. Moi, les voyages, j'en avais pris mon parti. J'allais gentiment vers mon coffre, hyper-entraînée. Et tout aurait été plié, comme on dit, si Toufik, qui déboulait en retard, ne m'avait pas crié :

— Qu'est-ce que tu fiches ?! Arrête !

Moi, un pied dans le coffre :

— Hein ?

— Tu montes à l'arrière.

Il a rudement engueulé les autres qui s'étaient précipités à s'enfourner dans la caisse pour avoir les meilleures places au lieu de me gérer.

Je me suis assise avec les autres. On était cinq sur une banquette jadis de cuir et maintenant exclusively constituée de ressorts. Toufik a pris le volant, et d'ailleurs après il a essayé de le remettre bien. Puis, quand enfin le démarreur a bien voulu fonctionner, on a attendu Osmane. Il est arrivé de ce pas félin-pour-l'autre qu'il faudrait pas trop me pousser pour que j'aille miauler de concert avec.

Il s'est assis à l'avant.

— C'est la place du mort ! j'ai dit.

Il a jamais voulu tourner la tête vers moi. Si on peut plus déconner !

Ensuite, ils m'ont mis un bandeau sur les yeux pour pas que je voie la route. C'était sans compter que c'est pas à une fille qui a vu dix fois tous les *Chapeau melon et bottes de cuir* et surtout qui venait de passer deux heures à explorer la courette depuis une meurtrière grande comme un doigt de Vietnamien qu'on allait apprendre que même par un filet de lumière, on voit très bien si on veut.

Absolu silence dans la tire jusqu'à ce qu'on entende une mouche voler.

Elle volait, elle volait, elle volait, et de temps en temps elle faisait bzzzggggbzzzgueugeu contre un obstacle où elle s'obstinait à forcer.

À la fin, Osmane ça l'a saoulé, il a dit :

— Fouad, tue la mouche.

Et là, à côté de moi, le mec ahurissant dont j'ai déjà parlé, celui avec le fouet tue-mouche, a essayé de brandir son bras. Hélas, rapport à comment on est déjà ric-rac à l'arrière, ça n'a fait qu'ouvrir sa portière. Il a failli nous quitter ! Il a fallu s'arrêter pour le repêcher tellement il penchait !

Osmane a bien dû admettre qu'on pouvait pas déployer un fouet de deux mètres dans un espace aussi réduit.

On est repartis.

Toujours la mouche.

Osmane, de plus en plus agacé.

Alors moi, alors que j'avais absolument pas à aider vu comment le type m'adressait pas la parole, je me suis concentrée sur les bruits de la mouche et quand elle est passée via ma zone d'un geste de la main pof je l'ai chopée. Le coup du chat.

— A p'us mouche ! j'ai dit.

Ils n'en revenaient pas.

C'est là qu'Osmane il a mis sa main sur le bras de Toufik :

— Tu peux pas aller plus vite ?

Toufik, qui de toute manière semblait moins con que les autres, il a dit :

— Osmane, on peut laisser la femme carrément ici, si tu préfères.

— Non. Ici, d'autres la prendraient.

Pendant quelques minutes ils ont discuté pour savoir si ce serait pas un super vache de bon coup à faire aux groupuscules adverses que de me refiler à eux, justement. Idée pas retenue, d'où il ressortait que même à un fils de chien de concurrent, y a des crasses que tu peux pas faire.

Bref, à force de rouler on a atteint un faubourg et puis une ville.

Osmane a conseillé :

— Planquez les mitraillettes.

Juste après, tous ils se sont fait re-putain d'engueuler ! Figurez-vous que y avait zéro mitraillette à planquer, ils les avaient remisées dans le coffre, ces couillons ! Bonjour la junte militaire !

J'ai suggéré :

— Avec mon bandeau, on va pas passer inaperçus.

Ils ont fait style ta gueule à fermer, ton avis nous intéresse pas, n'empêche qu'ils m'ont retiré direct le bandeau. À la place, on m'a entouré le visage avec un foulard, du coup je peux témoigner de ce qu'on ressent là-dedans. C'est comme avec un casque, sauf que, en l'absence de scooter, je voudrais qu'on m'explique l'utilitas.

Soudain, Osmane il a dit :

— Ici.

Toufik il a freiné. Aussitôt il a calé.

— Descends, il m'a dit.

Et tous :

— Obéis !

Je suis sortie comme j'ai pu en chevauchant les deux à ma droite. Le temps qu'ils comprennent que s'ils ouvraient pas la portière, je risquais pas de mettre autre chose que le nez dehors, ça a pris encore quelques minutes.

Bref, la portière enfin s'est ouverte. Je me suis retrouvée à l'air libre, en quelque sorte.

— Adieu, j'ai dit.

— On se casse, vite ! a dit Osmane.

Toufik, sans doute ça l'a stressé. Il arrivait plus à faire redémarrer son teuf-teuf. Moi, j'étais sur le trottoir, sachant pas trop quoi faire pour aider, et eux ils devenaient pâles et blêmes et livides et blafards, tant le moment était mal choisi pour une embolie automobile.

Sur ce, la police a déboulé. Il manquait plus qu'eux ! Une voiture autrement plus puissante que celle de mes potes, vous pouvez le croire. Pimpante et neuve, en plus, d'où sont sortis trois flics armés qui ont foncé sur nous en mugissant des barbarismes.

Même sans parler arabe c'était clair qu'ils connaissaient mes potes vu comment le prénom d'Osmane ressortit au moins vingt fois en un temps record dans les cris et les admonestations.

Cet Osmane, c'était une star !

Alors Osmane from Beyrouth, prouvant que c'était pas pour rien qu'il était au sommet, voilà ce qu'il a fait : vu comment qu'ils étaient tous dans le caca rapport aux armes restées dans le coffre, c'est lui seul qui a pu sortir un canif de sa poche revolver. L'idée, fallait l'avoir ! Et toc, je vous avais bien dit que c'était un guépard, d'un bond il était hors de la tire à me choper par le foulard, d'ailleurs à l'arracher exprès pour qu'on voie mon type occidental, et direct le canif sur ma glotte il était là à parlementer avec la flicaille soudain nettement moins prompte à s'exprimer :

— Dis-leur qui tu es, il m'a ordonné.

J'ai dit qui j'étais et où je travaillais.

— Répète-le encore une fois, il m'a ordonné.

J'admets que la première fois j'étais un rien distraite, accaparée à chercher sur le trottoir où avait bien pu choir ma créole de gauche.

Mon nom et celui de mon journal ont produit leur petit effet. La flicaille, elle était bien emmerdée. Déjà qu'elle parlait plus, en plus elle osait plus bouger. Très lentement, Osmane m'a attirée vers la caisse. Très lentement, il s'est rassis avec moi bien obligée de m'asseoir sur lui. D'un coup de coude il a refermé sa portière.

— On la garde en otage, il a dit aux flics.

Et à Toufik :

— Démarre.

C'est comme ça qu'on est repartis miraculeusement tous ensemble et indemnes, et je devrais surtout préciser « miraculeusement » tout court, si on pense à comment le pousse-pousse pouvait être capricieux niveau vrombissement.

Mardi

Quand même, que je vous dépeigne hier le retour ! Les flics impuissants derrière nous, rapetissant et réduits à geindre dans leur talkie-walkie, c'est encore rien ! Le mieux c'était la vitesse qu'avait enfin réussi à prendre notre ber-line, à condition, comme on pouvait aisément le déduire, qu'on se maintienne focus et plein schuss à voir aucun feu, aucun piéton, aucun autre attelage.

Après, on a quitté la ville. Ça continuait de hoqueter grave. On se prenait chacun notre tour des coups de capot dans le crâne. Y en a, ça pouvait pas faire de mal à leur cerveau qu'on le leur tapote, hein !

— On est contraints de prendre tous ces chemins de traverse ? j'ai demandé.

Toufik m'a briefé sur ce point :

— C'est la route principale, il a dit.

Je sentais que ça aurait été malvenu, dans un pays si souvent, si injustement, et sauvagement perforé par la guerre, de demander à ce qu'une artère, même principale, soit ambiance autoroute du soleil & « Hello notre sol est lisse on accueille même les rollers ! ». D'où, je me la suis muselée.

Je me la suis muselée, pourtant y a des limites
à tout. À la longue ça suffisait les soubresauts
constants. Je m'enfonçais dans l'aine d'Osmane
en à-coups de bélier répétés. Horrible ? Ce serait
un rien mentir que de prétendre à un inconfort.
Les cuisses de ce grand chef de guerre étaient
cosy et valaient deux cent trente tabourets
Stark, si on compte en chameaux. J'étais ravie
OK j'admets, OK ! Sauf à un moment, la boucle
de son ceinturon a fini par me gêner. Elle me
rentrait.

— Je sens comme un truc, j'ai dit.

On va pas revenir sur le tempérament braqué
du type. Impossible de lui faire défaire son ceinturon. Je me tuais à lui expliquer :

— Vous me sciez le scrotum !

Il s'en tapait comme de son premier halva.

Moi :

— Ou alors on met un coussin.

Moi :

— Y a un coussin dans le coffre.

Moi :

— D'ailleurs, pourquoi y a un coussin dans le
coffre ?

Vu comment j'avais aucun succès avec mon
trip Casa Vogue, j'ai fini par proposer :

— Ou alors, Osmane, si on n'a pas de coussin,
en échange vous mettez vos mains. En tampon.

Zéro feed-back. Il se plaçait de profil. Un
autiste.

Toufik, il a dit :

— Si tu veux, Osmane, on la remet à l'arrière.

— Non, a répondu Osmane. On sait jamais,
elle peut me servir de bouclier.

Et moi :

— En parlant de boucl…

J'ai pas pu continuer, y a eu un événement. Quand je dis « un événement », certains diront une « micro vétille » si on considère la situation globale au Moyen-Orient. N'empêche, oyez : en plein pendant que je parlais, devinez ce qu'il a fait, Super-Osmane ? Il m'a mordu l'oreille !!! L'oreille !!! Celle où j'avais plus la créole, ma plus vulnérable ! Bon, il mordait pas fort, je vous l'accorde. Je sentais juste la prise de ses incisives avec ce que j'aurais juré être un bout langue sur mon lobe. Sa voix (forcément près) me chuchotait :

— VAS-TU TE TAIRE… ?

C'est pas tout. Les mains au lieu de les foutre en coussin voilà-ti-pas qu'il me les collait en levier sur les hanches en balançant soit son bassin soit même autre chose tant était flagrant le côté protubérant du machin.

Est-ce que les autres voyaient, est-ce que les autres voyaient pas ? Burnous a proposé :

— On la refout carrément dans le coffre si elle te gêne, Osmane.

Mon bélier, il a répondu :

— Non.

Burnous :

— Ce serait plus prudent si…

Et moi :

— Il a dit non, t'es mal entendant ou quoi ?

Y en a faut tout leur répéter deux fois.

À peine arrivée à la fermette, ils m'ont recollée dans la chambrette. Alors là, ils m'ont entendue ! Des foireux à qui je venais de sauver la mise et ils me refaisaient le coup de la natte à flagellations de mère Teresa ! J'ai mis ma bouche le plus en longueur possible dans la fente de ma meurtrière, j'ai expliqué à ces messieurs comment qu'on pouvait pas traiter en lambda une fille qui était *rang A* chez Galliano. Et me souvenant que c'était pas dit, si on s'en tenait à leur look approximatif, qu'ils soient parfaitement au courant du nom des couturiers du moment, j'ai ajouté :

— Je vous signale que même dans un Formule 1 les gens restent qu'une nuit ! Renseignez-vous !

La courette s'émouvait nenni de ma plaidoirie. Ils se narguilaient à la pomme comme si que ma voix n'était qu'un négligeable gazouillis FIP.

— Chuis hyper-connue, ça va chier ! que je fulminais.

Pomme toujours.

— Ça va chier des bulles d'acier ! Ça va grêler de l'amiante ! Y en a qui vont perdre des dents ! que je continuais.

Et aussi :

— Surtout ceux qui en ont encore !

Tellement ils me répondaient pas, j'ai fini par reconsidérer le plumard. Une idée m'est venue :

— Eh, j'ai redit dans la fente, quelqu'un peut me rabouler au moins le coussin qu'est dans le coffre ?

Ma souffrance a dû faire vibrer quelque corde en eux. Un instant plus tard Toufik m'apportait le coussin ouvragé.

— Oh ! regarde, il est encore plus beau à la lumière !!! j'ai dit.

— Quelle lumière ? il a demandé, Toufik.

Il était tombé droit dans mon piège. Forcé d'admettre qu'on n'y voyait fifrelin, ça a pas été long de lui rendre évidentes mes conditions de détention.

— Tu es une otage, il a dit.

— De luxe, j'ai dit.

— Non.

— Si.

— Non.

— Si.

— Non!!! beuglait Burnous en arrivant à la rescousse de Toufik.

Ils étaient les deux ligués contre moi à m'apprendre le luxe. On aurait dit le directeur de Toto Soldes expliquant la mode à Coco Chanel.

— Tu n'es pas luxe, tu es merdique merde femelle insignifiante, a fini par régler Burnous.

— Oui, tu es femelle pas très signifiante, renchérissait Toufik tout en édulcorant un peu pour pas se mettre trop mal avec moi.

Or, de nouveau, événement.

Pile là pendant qu'ils me rétrogradaient néant vivant, Fouad est entré avec son fouet.

— Faut tous aller voir la télé! Ordre d'Osmane! il s'écriait, le premier affolé par ses dires.

Toufik et Burnous restaient indécis, ils se demandaient si c'était du lard ou du cochon rapport que la télé, en temps normal, on déduisait, c'est certainement pas quand Osmane était dans les parages qu'ils avaient le droit de se planter devant.

— Venez! Venez! trépignait Fouad.

Hésitants encore, ils allaient vers la sortie.

— T'es sûr? ils disaient à Fouad.

On sentait que si Fouad était doué pour tuer les mouches, il avait moins de crédit dès qu'il s'agissait de répercuter les maximes du prophète.

— Venez!

J'allais pour les suivre, quand Fouad il a dit :

— Osmane veut pas de la femme.

Charmant.

J'ai attendu comme ça disons à peu près deux heures. J'estimai ma situation : pas de douche, pas de savon. Je réestimai ma situation : pas d'eau, pas de bouffe.

L'inactivité m'avait filé une dalle terrible, j'aurais mangé un livre. J'avais des crampes d'estomac que rien ne pouvait calmer, à part, un peu, de repenser à comment le grand Osmane m'avait mordu l'oreille.

Il m'avait dégustée, ce gros gourmand.

Et après j'essayais de penser à rien.

Bref, après un temps que si tu le passes au théâtre, déjà tu t'emmerdes, j'ai entendu des pas dans le couloir. Juste après Burnous était devant moi, avec son aspect toujours le même hélas, bien que sans cagoule cette fois.

— Suis-moi, il a dit.

— Où qu'on va ? j'ai demandé.

— Voir Osmane.

— Boulevard Osmane ?

Aaaaaaaaahhaaaaaaaaah ! C'était encore plus drôle la seconde fois !

On a marché entre des bâtiments, on s'est enfoncés dans genre un petit bois et là y avait une maison pas trop moche à flanc de colline.

On entre : un vrai logis.

Alors moi :

— Enfin l'appartement témoin ! Ah ben ! c'est pas trop tôt !

C'était un salon où y avait la clique habituelle. Osmane aurait été au centre si le vrai centre, ça avait pas été un écran plasma géant, grand comme un ego, encore plus grand que le canapé. Voilà le topo. Mais le topo, on s'en tape, y avait beaucoup plus important : ce que je voyais sur l'écran.

Je m'explique : t'es là à perpète mes couilles, dans un recoin que Google Earth sait même pas qu'il existe et qu'est-ce que tu vois à la télé ? Ton petit ami !

Le fait est que sur l'écran, la tête de Joël en immense me regardait.

— Ben merde alors, Joël ! je me suis exclamée.

Et, juste après :

— Il m'entend ?

Erreur. C'était supposer un peu trop de technologie à mes ravisseurs que de les imaginer équipés webcam. D'où, total misunderstanding entre eux et moi, voire je suis passée pour la simplette qui croit que le miroir lui parle. Déjà qu'ils me classaient femelle, ça allait pas arranger mes notations.

— Monte le son, qu'elle comprenne, a dit Osmane.

La preuve qu'il y avait grosse confusion sur mon QI.

— Qu'attends-tu pour monter le son ? a redit Osmane.

Et là, j'ai vu une femme que j'avais pas encore remarquée tellement elle était habillée comme le rideau.

Elle me fixait, interdite.

— Adiba, monte le son !

— Oui, Osmane ! Tout de suite, Osmane !

Elle tenait la zapette dans ses mains en écrin, et tremblait pétée de piété comme si elle proposait au monde les cendres d'un Rolling Stones.

Elle a monté le son. Ça a pris le temps, mais elle a monté le son.

Ben vous le croirez ou pas, mon Joël il était retransmis en boucle sur CNN à expliquer comment il suppliquait les ravisseurs de surtout me faire aucun mal et comment il les prévenait que c'était tout un pays qui était derrière lui à suppliquer idem.

Ça passait à des tas d'officiels libanais qui racontaient avec quelle sauvagerie, en pleine rue, un sanguinaire terroriste bien connu des services de renseignements m'avait enlevée, moi la journaliste vedette, alors que, grimée sous une abéyé, sans aucun doute en train de mener l'enquête sur le statut de la femme dans certains milieux proches des milieux en contact avec les milieux islamistes, je m'aventurais dans un quartier redoutable de Beyrouth sud. Ils promettaient que cette affaire, bien que sensible, serait rapidement réglée car « quel terroriste, disait un type qu'avait d'ailleurs le même souci de moustache que Toufik ou alors c'est l'image en 16/9 qui lui aplatissait la face nord, donc quel terroriste serait assez fou pour garder en otage une femme sans défense qui, par sa gaieté frisant le sacré, était l'emblème de la vie vivante au pays de la liberté ? ».

Purée, c'était élogieux au point d'en sonner funeste. On aurait dit une nécro. J'ai regardé d'un nouvel œil ma horde de tartignolles. Fallait prendre le dessus, et vite. Faire repartir tout ça dans un esprit plus léger. Mais comment ? J'ai eu une idée :

— Bon, les gars, j'ai dit, certains ici ont déjà un peu mangé des oreilles, mais pour ceux qui n'ont rien avalé depuis ce matin, moi je propose un bon méchoui ! Qui dit oui ?

Ils ont tous levé le doigt, sauf :

1. Osmane.
2. Fouad qui savait lever qu'un fouet et en plus avait aperçu une mouche.

Mercredi

Aussi fou que ça paraîtra aux familiers de mon plumard parisien, qui savent avec quel raffinement il est affrété coton peigné, il se trouve que j'ai dû passer, au mépris de mes desiderata, une seconde nuit sans loupiote à Paillasse City.

On dira ce qu'on voudra : après ce que j'ai fait pour ces gens, j'appelle pas ça être reconnaissant ni se mettre carpette redevable.

Qui a eu l'idée du méchoui, hein, qui ? Qui a proposé : « Soyons funs, aiguisons le fouet et coupons le mouton avec ! » Qui, hein ? Moi. Moi et moi seule et pas un seul autre de ces empotés. Et la voilà leur façon de me remercier ! Des gens qui, sans moi, en auraient été réduits à chiquer du Gerblé agglutinés autour de la même télé dans la demeure d'un oreillophage. Alors que là hier on était peinards sur la terrasse d'Osmane. Bien dans nos babouches. Protégés des mouches.

Vous savez ce que j'ai pensé dans mon gourbi quand Burnous a refermé la porte sur moi ? J'ai pensé : c'est pas compliqué, y a donc rien qui peut satisfaire ces coléoptères.

Et là, ça m'est revenu que le déroulé du dîner aurait dû me mettre la puce à l'oreille (sans vouloir faire du name-dropping autour de cette partie de mon corps récemment érotisée).

Déjà, y en a pas un qui se levait pour aider. Ils ne savaient que tendre leur écuelle à cette malheureuse Adiba, qui durant le dîner entier a couru de cerveaux en cerveaux (humour) avec sa viande découpée et son taboulé.

Elle les servait un à un comme s'ils étaient alités, sauf que non, mon exemple est pas bon : ils l'étaient un peu alités, tous là étendus sur un coude à se la friser soirée banquet à Pompéi.

Sinon, si on zoome, t'avais Burnous, décidément pas le plus fourni en neurones, incapable de s'arranger convenablement son assiette pour que tout tienne dedans. Ça veut retenir un otage et ça sait même pas garder son taboulé en place !

Ensuite, Toufik, bon lui, hyper-mignon, il me donnait les bons morceaux, moi j'aime quand y a la peau gratinée sur le dessus. C'est mon préféré, Toufik. Je lui ai dit, d'ailleurs :

— Toi, t'es un tendre, comme moi.

Il en bégayait d'ahurissement :

— Tttttttoi, une ttttttendre ?

Limite il rougissait. Timide. Gentil. Y a que quand je lui ai caressé la nuque, il a bondi :

— Touche pas !

À force de se prendre des coups toujours au même endroit, pauvre chou, il faisait plus la différence entre une caresse et une rouste.

Après, t'avais Fouad, avachi, le fouet enroulé mollement sur son pantalon vers son pénis, le message c'était dodo pour tout le monde au pays des trucs qui s'érigent. Il était jeune et assez joli garçon, certes pas avantagé par sa peau, sérieux barrée à buboner vers le front.

— Ta peau elle respire pas avec ce turban, j'ai essayé de lui expliquer.

Il s'est levé, vexé au sang, on aurait dit que j'avais critiqué La Mecque! Alors que sorry pour lui, c'est vraiment pas de bol mon pote, t'es mal tombé, je vénère les religions. J'ai toujours pensé que les gens qui disent que Dieu existe pas, c'est parce qu'ils sont juste humiliés de pas le trouver en eux.

Le reste de la troupe : aucun intérêt. Des seconds couteaux qui d'ailleurs tenaient pas les leurs dans la bonne main. Leur seul fanatisme consistait à se passer le narguilé de pouf en pouf avec des physionomies béates.

Bon qui j'oublie? Ah ben oui, le couple témoin! Osmane et Adiba.

Je diffame. C'était sa sœur. Info de Toufik.

Qu'est-ce que ça aurait été si ça avait été sa femme! Je lui parlais, elle répondait pas. Or on est d'accord que normalement n'importe quelle femme répond quand tu lui demandes comment qu'elle fait pour mettre son khôl et si ça la fait pas trop souffrir les matières synthétiques. Eh ben elle, non! Tu lui posais une question et prise de Parkinson elle regardait Osmane, style «Appel à un ami». Peine perdue, ma chère : comment qu'il aurait su, lui, ce qu'endure une femme sapée pur acétate. Lui, il était vêtu intégralement de chatouches et de tissus doux.

À ce sujet, c'était pas facile de l'approcher pour lui tâter l'étoffe. Un vrai schizo. Le matin il te mord l'oreille et l'après-midi tu lui empiètes deux secondes la manche de la djellaba et c'est shame on you.

Mes amis vous diront mon don inné pour la psychologie. J'ai immédiatement diagnostiqué :

— La journée vous a pas plu, Osmane.

Il était d'humeur à se confier :

— Pour tout vous dire, tout ça ne m'arrange pas, et j'en suis fort marri. Je tenais à ce que nous gardions tous l'anonymat.

— Ouais mais ça fallait peut-être y penser avant, Osmane. Apparemment vous êtes connu comme le loup blanc !

Sa mâchoire crispée, on entendait les dents crisser dedans. Il détestait le vedettariat, ce gars-là. Adiba, elle devait connaître cette attitude 332b où c'est que le maître couchait ses oreilles en arrière, car elle-même elle reculait de frousse.

Toufik, sans doute en lien avec le fait que c'était le plus sensible et le plus intelligent, et qu'il m'avait à la bonne, il a tenté un accommodement :

— On va la rendre, Osmane. C'est plus raisonnable. Et cette fois-ci, on va réussir.

Tatata, Osmane il a dit :

— Non. On va pas la rendre.

Je plastronnais épiscopal d'être quasi adoptée quand Osmane il a ajouté :

— On va pas la rendre : on va la remettre.

Et moi :

— Hein ?

Et moi :

— Quoi ?

Et moi :

— Plaît-il ?

Mais déjà, ils étaient trois à me soulever du sol pour me remettre dans la piaule à mère Teresa.

C'est seulement ce matin que les choses se sont un peu arrangées. Toufik, pour commencer, il m'a apporté un café. Il me regardait le boire alors j'ai demandé :

— Et un bon bain, on commence à y penser ou c'est anticipé ?

Toufik il a répondu :

— Tu pourras te laver quand on t'aura filmée.

J'attire votre attention sur cette dernière phrase que jamais Alfred Hitchcock avait osé dire à Grace Kelly.

— On va me filmer ? j'ai demandé prudemment.

— Oh, que oui !

Je connais, s'il vous plaît, le b.a.-ba de la prise d'otage. Je sais que si on sort la caméra, en général c'est ni pour avoir des souvenirs ni pour l'intranet du circuit interne ni pour montrer comment ta tête rendrait avec une nouvelle coiffure. C'est pour diffusion all over the world. Du coup, ça m'a échappé :

— Minute, vieux. Je t'informe que j'ai les cheveux dégueu et que la dernière fois que je me suis démaquillée c'était à Beyrouth avec le savon à barbe d'une vague connaissance, la nuit avant que vous me foutiez dans ce pétrin et que donc déjà à ce moment-là j'avais impérativement besoin de mes produits de soins habituels. Pigé ? Je te passe la couverture de survie que j'ai sur moi et que toi si tu veux tu prends pour une parure de fête mais que moi je visualise plutôt ambiance nippes-ta-mère. Et on parle même pas des babouches avec le bout qui rebique ! À moins que ce soit déguisé, saisis-tu en quoi on n'est pas prêts à tourner ?

— Suis-moi, il a dit.

— Où sont mes vraies fringues ?

— Adiba les a brûlées, elles étaient sales.

— Quoi ? Brûlées ? Et ma blouse Lanvin ?

— Brûlée, je te dis.

J'ai tapé un talon dans le sol :

— Brûlée ? Ma Lanvin ? J'y vais pas.

Il en devenait fou d'inquiétude de pas réussir à se faire abeyir.

— Suis-moi, bordel ! Maudite femelle !

— Une blouse Lanvin effilochée premium par les doigts d'un génie de la couture. Alber Elbaz !

— Suis-moi, ou GARE À TOI.

— J'y vais pas en tenue de la loose et pis c'est tout. De plus, je hais ces shoes.

Vu l'échec de sa technique d'intimidation, il changea de tactique :

— Viens. On verra pas le bas.

— Mon œil.

Et lui, n'y comprenant plus rien :

— Ah bon ? Tu veux pas qu'on voie tes yeux non plus ?

Va expliquer les métaphores à un exécutant. Pour finir, il a appelé Fouad et Burnous à la rescousse et, contente ou pas, j'ai dû les suivre de courette en courette jusqu'à une sorte de mini-studio confectionné contre le mur le pire qu'ils avaient trouvé.

J'ai demandé :

— C'est quoi tout ce rouge, derrière ?

Y avait des grandes coulées louches.

— C'est le sang des mécréants de l'Occident, qu'il a aussitôt pontifié, Fouad.

En réalité, ça a pas mis longtemps à ce qu'ils avouent combien ça avait été acrobatique et pas gagné d'avance de tuer deux rats pour ensanglanter le mur façon Excalibur.

D'ailleurs, fallait qu'on se grouille à tourner avant que ça sèche et Osmane il se radinait dare-dare avec la caméra numérique. Suite à un court laïus que Toufik venait de lui faire en arabe, il daigna me briefer sur l'esprit global du truc.

Alors, un bon bain, il promettait, j'en aurais un après si je faisais tout bien ce qu'il disait. Il fallait que je relate au monde entier à quel point mes ravisseurs étaient des gens déterminés et sérieux et pros, et que, afférente à ces qualificatifs, venait donc l'idée que si on leur donnait pas ce qu'ils voulaient, mon sang allait être répandu comme celui de tant d'autres et qu'à ce propos ce serait bien que je fasse un geste vers le mur pour illustrer possiblement le carnage.

Ma question préliminaire :

— Ai-je le choix ?

Et Osmane :

— Non.

La caméra s'est mise en route. Hors un dérisoire contretemps dû à l'embarras que personne disait « Moteur ! », j'ai enfin pu commencer à parler.

C'était parti mon kiki.

Vous me direz, et la suite ?

Et moi, je vous répondrai : vous vous souvenez de la phrase que j'ai écrite plus haut, là, sur le coup que rien ne pouvait plaire à ces coléoptères ? Eh bien, on en avait encore une fois l'illustration !

Je me suis échinée à faire tout bien. J'ai jamais fait de cinéma de ma vie, je vous le rappelle, pourtant je me suis lancée :

— Here I am, alone and completely under the control of…

— Stop ! il a fait, Osmane.

J'avais à peine commencé et il me coupait direct.

Moi :

— What ?

(J'étais à fond dans mon texte.)

Et lui, aux autres :

— Pourquoi elle parle en anglais, cette femme ?

Les autres, sciés eux aussi.

Et Osmane soulevant Burnous au-dessus du sol :

— Pourquoi elle parle en anglais, putain ?! Putain, pourquoi elle parle anglais ?! Qui lui a dit de parler anglais, putain ?! Réponds, putain ! Putain, réponds !

Ça a été encore à bibi d'apaiser les esprits.

— Ah bon, faut le faire en français ? j'ai demandé.

— Ouuuuuuuuuais !!! il m'a dit, Osmane, ses yeux soudain à deux millimètres de ma bouche.

Il en faut plus qu'un close up pour m'impressionner.

— Où il va être, le retentissement international, si je cause pas anglais ?

J'avais raison, non ? Pourtant, cette évidence entrait pas dans la caboche de ces gagne-petit. Ils détestaient l'anglais, imaginez-vous. Y a rien eu à sauver, il a fallu que je fasse mon allocution en patois, sinon Osmane il la passait pas. J'ai repris mon souffle, je me suis concentrée sur le rôle, je tenais bien dans mes mains le journal du jour pour qu'on voie la date et que c'était pas des images d'archives, et de nouveau je me suis lancée :

— C'est horrrrrrrrrriblllllle, que je trémolais, ça va pas se terrrrrrrrrrminer rrrrrrrredoutablement dans le rrrrrrrrrrouge incarrrrrrrrrrrrnat du sang verrrrrrrrrsé !

— Stop ! il a fait, Osmane.

Moi :

— Quoi encore ?

Il fermait et rouvrait les yeux comme pour trouver la force en lui.

— C'est quoi ce ton emphatique ? il a dit.

Moi :

— Je le fais pas bien ?

Et aux autres pour les prendre à témoin :

— Je le fais pas bien ?

Sans crier gare, Osmane m'a chopée par la capuche :

— VAS-TU TE TAIRE ?

Il devenait fou. À peine il me lâchait, c'était pour arpenter la courette, si vite que ça faisait voler ses chatouches. Les autres, ils osaient pas piper. Ils avaient jamais vu le chef dans cet état. Ça a duré un sacré bout de temps, on savait plus quoi faire ni les uns ni les autres. Et surtout, il aurait fallu le prévenir que le sang des rats allait finir par trop sécher, on allait être too late, mais welcome pour oser proférer le réel contrariant des contingences devant un Osmane chafouin les poings en gourdin.

Il a regardé le ciel. La réponse était dedans car il a dit :

— J'ai une idée : on va le faire ensemble.

Hop, il est venu à côté de moi.

Eh eh.

Déception, j'ai compris ce qu'il entendait en fait par là. Il voulait qu'on reprenne le discours en soft, à deux. On l'a fait. Ah les amis, quelle injustice ! Moi, j'avais interdiction de rouler les *r* pendant que Monseigneur roulait les siens à qui mieux mieux. Ah, le statut de la femme au Moyen-Orient je pourrai en parler !

En plus, of course, il voulait le mot de la fin, j'ai jamais pu dire « au revoir » à Joël :

— Si on n'a pas ce qu'on veut, a déclaré hyper-sérieux Osmane à la caméra, on prendra la femme et on commencera par lui couper une oreille.

Ce qui m'a amenée à reconsidérer complètement la scène érotique de la veille dans la tire.

Jeudi

Ainsi que je l'ai blagué ce soir à Adiba en sortant de mon bain :

— Eh ben moi, j'ai envie de dire : la journée qu'on vient de passer est à marquer d'une bière blanche, hein !

Tu crois que ça l'aurait détendue, la reine du rire ? Non. Pas du tout.

— Ici, on ne boit pas, elle m'a rétorqué. L'alcool est le breuvage des scélérats.

Je pouvais m'asseoir sur ma bière. Alors que j'aurais bien eu besoin d'un petit remontant. Ils m'ont usée.

Je vous passe les deux heures hier soir rien que pour envoyer à Joël les images de ma détention. Le mail en avait rien à cirer des mitraillettes braquées sur lui, il voulait pas partir. « Voulez-vous réessayer plus tard ? » ça disait en arabe, d'après Osmane. Et hop, ils insultaient l'ordi, alors que je me tuais à leur expliquer :

— Faut passer par YouTube ! YouTube !

En pure perte. Ils continuaient de tirer sur les fils en criant : « Zihé ! Zihé ! » (« Par-là ! Par-là ! » d'après Toufik), persuadés que les images elles allaient circuler mieux si on leur gueulait le chemin.

Mieux, quand l'ordi a prévenu : « Le port a expiré », y en a deux qui ont cru que c'est parce qu'ils avaient tiré dessus.

Inutile de vous préciser qu'of course on a fini sur YouTube, où là c'est passé easy : un people dans un Costes.

— On m'écoute jamais, j'ai dit.

Eux, ils faisaient genre : 1) On t'a pas sonnée et 2) On t'a pas entendue. Orgueil oriental. Ça leur en sciait une d'admettre que c'était moi qui leur avais sauvé le business. Quant à retirer à leur chef la gloire d'une prérogative, n'y pensons pas. Adiba la première, elle continuait de dire « Bravo Osmane ! », sans me jeter à moi un seul regard de congratulations.

Ensuite, est venue la question de mon bain. J'imaginais tomber sur un os. Or, non. Curieusement, aucune résistance. Tout le monde semblait d'accord que ça allait faire de mal à personne que je me récure un coup. Suite à un claquement de doigts d'Osmane, Adiba s'est ruée à m'organiser un plan hammam. Après un temps qui m'a semblé une éternité, elle est venue me chercher et je l'ai suivie jusqu'à une salle de bains impec qu'aurait été magnifique si les robinets en avaient pas été plus dorés encore que des dents de Gitan.

— C'est de l'or ? j'ai demandé.

Elle :

— Voici ta serviette.

J'ai croqué dans un robinet :

— C'est pas de l'or, j'ai diagnostiqué.

— Qui es-tu pour juger ? Obéis ! elle a éructé, Adiba.

— C'est cool d'être entre copines, non? j'ai proposé.

— Pas ta copine.

— Et Osmane il a une copine?

Eh eh.

— Ferme-la, misérable crotale occidentale.

Et moi :

— Vos parents doivent être des gens charmants.

— Ferme-la, caïman de l'Occident.

Celui qui a inventé le concept de la complicité féminine, j'aurais deux mots à lui demander de redéfinir. J'ai retiré ma djellaba, et Adiba elle restait là à me recenser la nudité. Les yeux grands ouverts et épouvantés comme dans *Shining*. On sentait que l'Adiba ça pouvait rapidement aller jusqu'à l'horripiler que j'aie des seins. Eh ouais, elle n'était plus la seule femme chez les rustiques. Enfin, je dis «eh ouais»... moi à sa place, j'aurais été plutôt contente de pouvoir enfin causer vraie vie et réassort Prada avec un être élaboré!

— Quoi? Qu'est-ce que j'ai? j'ai fini par lui demander tant elle se fossilisait à me reluquer.

— Tu es maigre comme un cure-dents.

Enfin un compliment! Ah ben, il avait fallu l'attendre, çui-là!

— Tu vois, quand tu veux t'es gentille, j'ai dit.

D'un coup sec elle a lancé un gros savon d'Alep dans le bain, style maintenant qu'on est sœurs on est à la rivière et je te montre comment j'assomme les truites. Du coup, j'ai prêté attention au bain.

— Ben, où qu'est la mousse? j'ai dit.

Et elle :

— Tu n'es pas à l'hôtel. Ici, il n'y a pas de mousse.

Et moi :

— Un bain sans mousse ? Putain, un bain sans mousse ?!!!!!!!! Un bain sans mousse, putain ?!!!!!!!

« À la Osmane », ultra-outrée, un doigt menaçant levé vers le ciel.

Malgré mon show, convaincre Adiba d'aller me chercher au moins du liquide vaisselle a été ardu au possible. Et jusqu'après quand elle est revenue avec le produit, ça a été trois gouttes et pas plus, on aurait dit que je lui volais la semence d'un blond.

— File-moi ce Paic, Adiba.

— Non.

— Adiba, file-moi ce Paic.

Malgré la négo sauvage et l'adversité, j'ai fini par me retrouver mousse à l'air dans ma position préférée, à savoir pattes écartées dans l'écume d'un bon bain fumant.

— Je dors ici, cette nuit ? j'ai demandé à Adiba qui se tenait debout devant la porte en cas que me viendrait l'idée de m'enfuir à poil déguisée en soirée mousse.

— Oui, qu'elle me ricanait. Où croyais-tu dormir ailleurs ?

J'ai fermé les yeux.

Je ne voyais désormais plus d'obstacles à ma félicité.

C'est le lendemain que y a eu du sport.

La nuit, cosy. Ma chambre est top. Grâce au vrai lit, je me réveille sans douleurs au dos. Je me lève et je vais à la fenêtre faire coucou au nouveau jour. La vallée verdoyante à perte de vue. Des cui-cui à perte d'oreille. De la propreté à perte d'aisselles. Le bonheur. Du coup, ça devenait un détail insignifiant que les barreaux de la fenêtre soient décorés aux mines antipersonnel, tel l'arbre de Noël d'un forcené.

J'ai cherché autour de moi où Adiba avait bien pu me laisser une liquette, Eh ben, pas de liquette.

J'étais completely naked.

Que faire ? me direz-vous.

J'appelle. Rien.

Désormais ma routine : je ré-appelle.

Rien.

Il a fallu que je fasse avec les moyens du bord. Le drap de dessus, si je m'enroulais dedans, ça n'allait pas, ça fronçait mal, ça faisait trop de masse. Donc, je me suis entourée dans mon drap de dessous. Là, c'était mieux. C'est fou comme on peut tâtonner avant d'avoir une idée. Là, les fronces du drap-housse un peu mises en épaulettes, très Empire, très Joséphine-de-Beauharnais-vous-en-bouche-un-coin, j'étais bien. Je tenais mon look.

C'est assez fière de moi que je suis sortie de ma chambre en tenant ma traîne. À peine j'ouvre la porte, sur qui je tombe ? Le Fouad au fouet ! J'allais pour l'ovationner welcome, quand le voilà-ti-pas qu'il pousse un hurlement, fait un saut d'un mètre et s'enfuit tambour fuyant.

— Chabaaaaaah ! Chabaaaaaah ! que je l'entendais brailler de près en loin.

Moi, archi-intriguée, je lui file au train. Logique, me direz-vous : assez rapidement je me retrouve dans le grand salon. Là, y avait tous les autres de la bande et l'écran plasma, lesquels savaient plus du tout si maintenant du coup c'était moi ou leur écran qu'ils devaient regarder.

— Chabaaaaaah ! Chabaaaaaah ! re-répétait Fouad en tremblant de tous ses membres. Chabaaaaaaaah !

Comme si que là, on n'allait pouvoir que le comprendre.

Osmane s'est levé du canapé, il était exaspéré :

— Mais non, c'est pas un fantôme, sombre crétin !

Et aux autres, les deux mains à plat au-dessus d'eux pour dissiper toute brume au cas où :

— C'est pas du tout un fantôme.

— Pas chabah ? a dit Fouad, moitié tenté de croire son chef, moitié dans l'abîme du doute à fond les gamelles.

Osmane :

— Puisque je te dis que non, voyons !

— Ouhouhouhouhouhouhouh ! j'ai abondé, en agitant les bras.

Et Osmane :

— Ah, vous, n'en rajoutez pas, hein !

Il est apparu qu'on était déjà bien assez dans la merde comme ça.

Ça faisait paraît-il deux bonnes heures que les télévisions du monde entier évoquaient ma détention. Compte tenu de la catégorie amateur dans laquelle on concourait, moi a priori je prenais cette info pour une bonne nouvelle. Je vous rappelle que ces types avaient pris une fille en otage sans aucune méthode, l'avaient foutue dans un coffre de voiture nase, lui avaient ruiné le dos sur un tapis de fakir dans la piaule à mère Teresa, l'avaient refoutue dans un coffre de voiture nase, l'avaient reprise en otage par un coup de bol inimaginable, avaient bidouillé un carnage de misère avec du sang de rat derrière cette fille, avaient filmé la fille en français, langue maybe a little limited niveau écho planétaire, eh bien malgré cette loose totale ils avaient les télés DU MONDE ENTIER ! Et ils étaient pas encore comblés !

— C'est pas pile ce qu'on voulait ? j'ai dit.

Et il est apparu qu'en fait, oui, ça aurait été pile ce qu'on voulait si y avait pas eu un léger couac.

— Où ça un couac ? j'ai demandé.

Il est apparu que la veille, quand on avait filmé le message redoutable pour les corniauds viscéraux fils de chameaux occidentaux, certes on y avait mis les formes, certes sang de rat et tout le falbala. Pourtant, énorme boulette : Osmane le superman, ce gros malin, il avait juste oublié de dire ce qu'il voulait en échange de ma libération. C'était tellement pas professionnel qu'il s'en griffait le coude.

Comme pour confirmer le foirage absolu de cette prise d'otage, y avait Joël à la télévision.

— Ça passe en boucle, me dit Osmane.

Comment pouvait-on négocier la vie d'une innocente avec des terroristes sans scrupules qui ne demandaient rien, telle était l'interrogation de Joël, qui s'agitait sur l'écran dans son veston le pire, celui avec le col en cuir. Il concluait par ces termes :

— Tiens bon, mon amour : je suis là.

Ceci étant loin du ton général de nos conversations aux soirées du God', je ne pouvais dévisser mes yeux de l'écran :

— Il est gentil, il est mignon…, je bavais.

Bond d'Osmane :

— Quoi ? Quoi ? Quoi ? Cette crevure esclave des contingences superficielles de la mode avec sa coupe de cheveux de tapette et son veston grotesque ? Mignon, ça ?

Il était jaloux ! Ah, je kiffe les jaloux ! Leur sexualité est rageuse et vivifiante.

Hop je lui en recollais une couche les bras tendus vers l'écran, et implorant :

— Joël ! ! ! ! ! ! Mon sauveurrrrrrrr ! ! ! !

— Éteignez cette télé ! qu'il a dit, Osmane, rouge d'indignation.

Pour ajouter aussitôt, histoire de se donner une contenance un peu plus raccord avec son statut leadership :

— Bon, faut refaire une vidéo.

— Avec une demande claire, a ajouté Burnous.

Si par hasard on y avait pas pensé.

La demande claire, ça nous a pris la journée.

Il a fallu mettre à plat pourquoi, au départ, on m'avait attrapée, moi, et pas une autre.

Osmane postulait :

— Faut revenir à la source. Faut partir de notre désir de base.

Paroles, du miel à mes oreilles.

J'ai ainsi appris que c'était Toufik, missionné dans Beyrouth à espionner les détriments de l'Occident (j'ai bien essayé de lui rectifier qu'on disait « détritus », seulement ça voulait pas entrer), donc missionné à espionner les détriments de l'Occident au salon mondial de la presse féminine de Beyrouth, où c'est que j'avais été invitée VIP, bref Toufik, allant de stand en stand, c'est celui de mon journal qu'il jugea le pire. Sans doute aidé en cela par le fait que j'avais eu l'idée pour customiser notre corner de faire venir de Paris un sex toy géant, du frein duquel sortaient par giclées marrantes des fraises Tagada assurant le succès absolu de notre stand, notamment auprès des adolescents.

Toufik, il avait pris ses renseignements. On lui avait confirmé que si c'était un modèle de libéralité au parler vernaculaire qu'il cherchait, j'étais son homme. Toufik, ça l'avait mis dans tous ses états. Un mot peut parfois revêtir une importance a priori insoupçonnable. Il était rentré le soir chez Osmane en se vantant qu'il l'avait dégotée, la fameuse femelle éhontée honte de sa race, qui en plus se faisait vernaculer à qui mieux mieux sans vergogne cul à l'air.

Voilà pourquoi ils m'avaient choisie. Sans du tout penser plus avant à ce qu'ils allaient faire après.

Osmane, plongé dans ses réflexions, il écoutait ce récapitulatif.

Soudain, il a eu une inspiration :

— Qu'est-ce qu'on veut dire au monde par la prise de cette femme ?

Les autres, ils savaient pas. Ils contemplaient leurs babouches comme pour vérifier qu'ils avaient pas mis shabbat avec carême. Un silence de mort planait sur le workshop. Seule Adiba avait sa petite idée :

— Que c'est une morue.

Alors, Osmane :

— Ça suffit pas.

C'était sans compter qu'Adiba, c'était la Shiva des roustons du peloton, elle avait dix fois plus de couilles que toute la bande réunie :

— Que c'est une morue du monde perdu.

Ah, on sentait que c'était son jour, son mois, et même son année. Je vous le dis : une fille qui aurait brillé en faisant des études.

Osmane, de plus en plus concentré :

— Oui. Continuons. On poursuit la réflexion, mes frères.

Trop sympa pour la frangine.

— Qu'est-ce qu'on veut en échange d'une morue du monde perdu ? il continuait. Pourquoi on prend une morue, et après pourquoi on la rend ?

C'est à ça qu'il faut répondre et si on répond à ça, après notre réponse on l'aura. Alors, je vous pose la question : POURQUOI ?

Les autres, ils savaient pas.

Seule Adiba :

— En échange on veut la mort des morues.

Moi, illico :

— Si je puis me permettre : ça, la mort des morues, c'est pas ce que vous voulez. Ça, c'est si vous avez pas ce que vous voulez.

— Elle a raison, a dit Osmane.

Un peu, que j'avais raison ! On en a d'autant plus poursuivi le brief sur cette lancée pendant la moitié de la journée. Ça prenait du temps car impossible pour eux de se mettre d'accord sur contre quoi m'échanger. Contre le droit de boire à sa soif ? Niet, ça Osmane il était contre, il voulait pas en entendre parler. Contre le droit à mettre ce qu'on veut dans la pomme du narguilé sans se sentir un mauvais homme ? Niet pareil, il voulait pas non plus. Contre la destruction de la tour Eiffel ? Nenni aussi, limite si ça le fâchait pas qu'on l'assimile basique vandale.

Sans me vanter, c'est moi qui ai trouvé la solution :

— Et une rançon ?

Illumination des visages dans la salle, aussitôt tamisée par Osmane :

— Je ne suis pas un homme d'argent. Je n'échange pas une femme contre de l'argent. Personne ici ne le fait pour l'argent.

Euh, températion sur quelques visages dans la salle.

Sentant la brèche, hop, je m'enfournais dedans :

— Avec de l'argent, Osmane, après vous pourrez avoir un projet. C'est beau un projet. C'est grand un projet. C'est vaste et ça embrasse et ça embrase la vie. Ça que je dis.

J'avais bien capté que cet homme était un idéaliste. Son regard allait droit vers l'horizon, subitement rêveur.

— C'est pas bête, il a dit.

Un truc que je dis n'est jamais bête, mais passons.

— Avec de l'argent, j'ai argumenté, Toufik va chez le barbier, voire chez l'orthodontiste. Avec de l'argent, Fouad se paie un container de Roacutane et adieu acné. Avec de l'argent, on rajoute des barrettes de mémoire à Burnous. Avec de l'argent, Adiba a mieux que du Paic. Avec de l'argent, la vie est encore plus idéale.

Osmane m'a fixée sans rien dire, il a pris sa calculette. On était suspendus à sa décision. Il a dit :

— On va demander cinquante millions de dollars.

Et moi :

— Hein ? Quoi ? C'est tout ?

Lui, furibard :

— Comment ça c'est tout ?!!! Comment ça c'est tout, putain ?!!! C'est une somme énorme, au contraire !!! Putain, c'est énorme !!! C'est énorme, putain !!!

Moi :

— Ça va pas faire lourd une fois partagé.

Lui :

— Partagé ?

Moi :

— On partage pas ?

Là, il a levé les bras au ciel, il a tourné sur lui-même. J'ai cru qu'il allait danser le sirtaki pour dire j'explose de contentement d'enfin pouvoir éradiquer mon isolement et vivre le nirvana d'un pot commun avec une fille exceptionnelle. Or, pas du tout. En fait, il prenait une sorte d'élan pour m'en coller une, évitée de justesse grâce à mon absence totale de masochisme. En effet, je me suis penchée pile au bon moment, et c'est malheureusement ce pauvre Fouad qui s'est pris la peignée. Lui aussi, il a tourné sur lui-même, sauf que lui c'était sous le choc, avec même son fouet qui s'enroulait autour de lui pour le saucissonner.

— Hors de ma vue ! a dit Osmane.

Il pointait vers moi deux doigts coupe-faim.

Apparemment, on partageait pas.

Et nous voici rendus à la fin de la journée. Plus personne se parlait tant l'argent avait joué comme un archétype de la discorde. Pourtant, il fallut bien se réunir pour tourner la vidéo qui allait asseoir nos exigences. Deux pauvres nouveaux rats furent sacrifiés, mais y avait plus l'élan premier. C'est dans un esprit « on la refait » pas follement jouasse qu'on s'est tous retrouvés au point de rendez-vous dans la courette ensanglantée. Personne parlait. Moi, j'essayais de mettre un peu de bonne humeur sur le plateau. Autant essayer de faire les ongles à un moignon.

Osmane s'est assis à côté de moi. Il a relu son discours deux trois fois, il l'a posé contre le journal du jour qu'il tenait bien en évidence, et en faisant vachement gaffe à pas lire, il a dit :

— On y va.

Les yeux presque droits dans la caméra, tout en lisant son texte, il a parlé au monde :

— Alors voilà. Y en a qui ont cru qu'on n'avait pas de desiderata. On en a. Cette femme, elle est pas là pour rien. C'est elle qu'on voulait et c'était combiné de longue date au moyen de nos réseaux internationaux de pointe. Cette femme est un symbole. Tous les jours, par ses articles dans le journal en perdition où elle écrit, elle donne le mauvais exemple. Là, on l'a lavée, c'est pour ça qu'elle est propre, mais sinon elle se complaît dans la fange de sa condition. On la lavera jusqu'à ce qu'elle soit récurée des péchés occidentaux. Si vous voulez pas qu'on la lave encore plus fort et jusqu'à la mort, faut nous donner, non pas cinquante millions de dollars, mais cent millions de dollars.

J'ai pas pu me retenir :

— Yesssssss !!! On partage !

Bon, il a fallu la refaire. Osmane, il m'a prévenue :

— Tu m'interromps, tu décèdes.

Moi, rien que pour l'emmerder :

— Joëlllllll ! Au s'courrrrrs !!!

— Arrête avec ce Joël, bon sang !!! Je vais le buter ton Joël !!!

Il a repris son souffle.

— Moteur, il a dit.

Blanc de rage, sur un ton qui laissait accroire qu'il mâchait ses mots dans des galets ou alors qu'il faisait rouler ses propres molaires dans son palais, il a dit :

— Alors voilà. Y en a qui ont cru qu'on n'avait pas de desiderata. Ha ha ha ha ha ha ha ha ha, on en a. Cette femelle insupportable et exaspérante et crispante et agaçante et énervante, elle est pas là pour rien. C'est elle, ouais ouais ouais, qu'on voulait et figurez-vous, ah ah ah, c'était combiné de longue date au moyen de nos réseaux internationaux. De pointe. Nos réseaux de pointe.

Cette femme, on vous l'a prise. On vous l'a prise. Y a une raison, figurez-vous. Elle est un symbole, cette saleté. Un symbole de quoi, eh bien je vais vous le dire : tous les jours, par ses mots, par ses phrases, par ses paragraphes, par ses articles dans le journal débile et pour débiles et lu par des débiles où elle écrit, elle est la honte éhontée de la logique du destin des femmes. C'est une morue du monde perdu. Je répète : C'EST UNE MORUE DU MONDE PERDU. Dans son pays, aucun homme digne de ce nom ne veut d'elle. Elle en est réduite à passer sa vie avec un riquiqui. Un pauvre minable avec rien d'important en guise d'attributs virils. Pourquoi ? Eh bien pourquoi, je vais vous le dire : parce que les vrais hommes sont pas si idiots. Un vrai homme comme moi y regarde à deux fois, et ça faut le savoir, avant d'accorder l'humanité à une épave dégénérée. On n'est pas des lopettes, ici. On porte pas des cols en cuir de fiotes, ici. Là, on l'a lavée, c'est pour ça qu'elle est propre mais sinon, ça, croyez-en ma vieille expérience et mon odorat infaillible en matière de femelles, elle se complaît dans la fange de son être. On la lavera encore. Encore et encore. On la lavera jusqu'à ce qu'elle soit récurée des péchés occidentaux. Si vous voulez pas qu'on la lave encore plus fort et jusqu'à la mort, faut nous donner deux cents millions de dollars. Je dis bien : trois cents millions de dollars. Pas cent, pas soixante, pas cinquante : quatre cents. Avec cet argent, on construira des femmes nouvelles, à l'ancienne, et pas des pépés dévergondées. On vous donne vingt-quatre heures. Après, tout le monde meurt. C'est mon dernier mot : cinq cents millions de dollars, ou la femme on en fait du lard. D'agneau. J'ai dit.

Tout le monde a applaudi. Toufik y compris. Du coup, personne tenait la caméra, elle est tombée.

L'instant d'après, ils couraient envoyer les images.

— Tu as vu ce qu'il t'a mis ! disait Burnous.

Je pensais surtout : Tronche de Joël !

Vendredi

Or, Joël : no news. On a attendu le jour durant, on a secoué l'écran plasma, on a regardé derrière pour si des fois Joël aurait préféré parler depuis un endroit plus secure, on a imploré le ciel. Rien de chez rien.

J'ai dit à Toufik :

— Soit c'est a real mystery, soit à mon avis c'est qu'il doit être bien trop occupé à s'étalonner le riquiqui.

De fait, il était nulle part.

Et je vais vous dire : qui irait s'en plaindre ?

Car ici, on s'organise. Que je vous développe d'ailleurs le pli life-style qu'est en train de prendre ma détention.

La baraque est assez agréable. Jazz en fond sonore, etc. Calme, avec ça. Par exemple ce matin, y avait quasi rien à faire à part se relaver. Ce que j'ai fait. Bon, je vous accorde que c'était pas non plus complètement la paix. La paix, c'est emmerdant, en même temps.

Osmane, qui passait par hasard dans le couloir, il a entendu l'eau :

— Qu'est-ce qu'elle fout encore dans la baignoire, cette femme ? il demande à Adiba.

Elle y comprenait plus rien :

— Ben, c'est toi, Osmane, tu as dit qu'il fallait la laver sans relâche !

L'autre, remonté comme un coucou :

— Mais putain, c'était de la rhétorique ! C'était pas pour le faire en vrai, putain !!! Elle va nous vider tout le ballon !

Moi, du fond de mon auge :

— Mouuuuuuusssssse !

Du coup, Osmane :

— Quoi ? Qu'est-ce qu'elle a ? Qu'est-ce qu'elle veut encore, cette femme ?

Adiba a dû expliquer :

— Elle veut sa mousse.

— Sa mousse ?

— Oui, pour son bain.

— Non mais où elle se croit, celle-là ! ? Non mais de la mousse, non mais on rêve !!!

Vlan un coup de pied dans la porte de la salle de bains, le voilà qui rappliquait.

— Non, Osmane !!! Non !!! suppliait sa sœur, mon Paic à la main.

Or c'était trop tard, il était fulminant devant moi. Imaginez ce que ça pouvait me faire à moi une faible femme, en plus dans le plus simple appareil, en plus sans l'ombre de la bulle d'une mousse de savon pour me planquer le yéyé, d'avoir à deux mètres de ma boîte noire un terroriste de haut vol international de pointe dans la force de l'âge, prêt à me faire je n'ose imaginer quoi, bien qu'il soit légitime de supputer des débordements innommables où nos mots peut-être allaient dépasser nos pensées, où je serais à sa merci, et où son corps sur mon corps, lourd comme un cheval mort…

Où j'en étais ? Ah oui, sa présence. On s'est jaugés en silence, pendant quelques secondes. Lui, il se gênait pas pour prospecter all my body avec des prunelles qui lançaient des flammèches. En revanche, et ça on a déjà vu combien le type est pas dans une veine parité, dès qu'en retour j'ai fixé moi aussi vers son centre de gravité eh eh, hop illico une remontrance :

— Baisse les yeux, il a dit.

Et puis :

— Plus bas, qu'il a ajouté.

C'était pas encore fini :

— Encore plus bas, impudente !

Alors que j'étais hyper-bas, j'étais aux genoux ! Ah, ça me donnait beaucoup à penser sur les mensurations de son mirliton… faut pas trop m'énerver, moi, avec de l'imagé. J'avais comme une bestialité qui me montait. On n'est pas nue dans une baignoire en Orient quasi à Petra-où-Chnock devant un homme magnifique et bourré de caractères sexuels secondaires sans en revenir aux bases des relations homme-femme. À la source, à la source, comme dirait Osmane. Et pendant que je le réévaluais à la lueur du filon prometteur de nos différences sexuelles, il me sembla que commençait de frémir vers le centre d'Osmane ce que nous aurions pu ensemble appeler, s'il avait eu de l'humour, la levée de la garde.

Il a vu que je voyais.

— Que fais-tu dans cette baignoire ? il a bifurqué.

Il se mettait de profil pour que je voie moins. Grosse naïveté.

— Je tue le temps faiblement, c'est mal ? j'ai murmuré suavement, avec une voix que bien des fois j'avais aimé prendre sur mon répondeur SFR.

Il s'est frotté le visage, on aurait cru que je posais un problème d'algorithmes. Il a continué de réfléchir pendant un temps incalculable, sauf si on compte en délais de refroidissement de mon eau. Puis, il a dit :

— Adiba, si elle s'ennuie, trouve-lui quelque chose à faire. Ici, ce n'est pas le logis d'une femme lascive.

Et moi, nia nia nia :

— Ça, c'est un truc que Joël, il aurait jamais…

— Tu arrêtes avec ce petit con, compris ?

Il est reparti, les deux mains rabattues sur le devant de sa djellaba à l'intérieur de laquelle, manifestement, y avait toujours – voire, de mal en pis – les réactions les plus vives.

Autant préciser que j'étais dans un état de désir inqualifiable autrement que par des mots comme «slurp». Et encore, enduits de salive.

— Tu vas effeuiller le thym, a dit Adiba.

— Ah ouais, «effeuiller le thym…». Ici, on dit comme ça ?! Moi je veux bien effeuiller le thym, hein…

J'étais d'humour badin.

Elle, moins :

— Non : tu vas vraiment effeuiller du thym. Pour la salade. Viens dans le salon, on pourra te surveiller. Il faut l'effeuiller et après laver les feuilles.

— Laver du thym ?

— Oui, laver du thym.

— Laver un truc ? Alors ça, TINTIN ! j'ai répondu. C'était marrant, non ?! Thym et tintin !

Tu parles. La copine ça lui déridait zéro la voilure.

J'ai effeuillé le thym. C'est pas du thym comme chez nous, il est mieux. C'est du grand thym. Du thym de Garenne, si vous voulez. Ça se mange cru. Je me suis régalée.

Osmane nous a fait l'honneur de sa présence. Depuis la scène du matin, il semblait bougon. Sa djellaba redondait plus du tout, à croire qu'il s'était emmailloté le fléau. J'osais pas le regarder, il aurait pu mordre. Il s'est cassé avant le dessert.

Finalement, au moment où on sortait de table, Toufik a dit :

— Je vais en ville. T'as besoin de quoi, Adiba ?

Adiba, prise de court, elle collapsait. Elle voyait rien d'important à se faire rapporter.

— On a tout ce qu'il faut ! elle chantonnait.

Euh, il me semblait qu'elle prenait un peu trop à la légère la question de Toufik. C'était pas non plus comme si la baraque était un showroom de la vie Auchan où on manquait jamais de rien !

Sur mon conseil, elle est partie vers la cuisine ouvrir les placards, elle est revenue cocasse :

— Ça va aller. Il me reste de la semoule, elle a dit.

Ah, je leur ai vite expliqué moi, ce que j'appelais des produits de première nécessité. Je vous informe qu'on était là sans Nutella, sans chips Kettle, sans soja sauce, sans rouleaux de réglisse et sans Coca.

— On n'a pas à se nourrir pour le plaisir, disait Toufik.

J'ai dû réagir :

— Sans aller jusqu'aux amuse-gueules, Toufik, on pourrait imaginer, je sais pas moi, un apéro sans alcool ?

Une folie, autant dire. Tous ils faisaient non de la tête ah non pas de ça chez nous.

Moi, pleine de bonne volonté :

— Bon, OK. Et un bon goûter ? Je fais des brownies !

Je les sentais tentés. Fallait plus les lâcher.

— Allez Toufik, hop hop hop on va te la faire, ta liste ! j'ai enchaîné dans la foulée.

Ça a marché, Fouad il se précipitait fouet en folie pour me chercher un grand cahier. Burnous il se creusait pour trouver un stylo. On se l'est faite, cette liste. Il fallait leur apprendre jusqu'au nom des aliments. Un grand moment. Les pâtes, ils connaissaient qu'une forme, ils voulaient pas croire que y en avait des rondes en forme d'oreilles.

— Des « orecchiette » ? ânonnait Burnous, époustouflé.

— Ouais mon pote ! Ça veut dire oreilles en italien.

— « Oreilles » en italien !!! se stupéfiait Burnous.

Le lieutenant Columbo se frappant le front devant un indice capital n'aurait pas eu l'air plus fulguré.

— Osmane va pas aimer qu'on achète des oreilles, a décrété Toufik.

Et moi :

— Ah ben ouais, hein, des fois qu'on en aurait de rechange, des oreilles !!!! Ça servirait plus à rien de les couper, hein !!!!

Et alors là, succès total :

— Aaahaaaaaahhhhh !!! qu'ils faisaient tous. Aaaaaahaaaah t'es trop géniale ! T'es too much ! T'es walouf !

Voilà dans quelle aura de bonne humeur Toufik est parti en ville. Nous, on lui a fait des signes de la main jusqu'à ce que la caisse disparaisse et même après on est encore restés un peu jusqu'à ce que le bruit de la caisse disparaisse, et aussi après, en bas de la côte, jusqu'à ce que la caisse arrive à redémarrer, et on est retournés dans le salon.

Là, on a allumé la télé et on avait trouvé une chaîne qui passait *Arabesques*. C'était un épisode que je connaissais où Jessica Fletcher est la seule à pas confondre un collier de chien avec le diadème du dernier tsar de Russie, donc j'ai pu briller par une sorte de prescience. Fortement impressionnés, ils m'ont demandé, comme j'avais l'air de lire si bien dans l'avenir, comment je voyais le mien.

— Eh bien, c'est simple, j'ai dit : Osmane va me demander en mariage.

Bouche bée, ils étaient. Ça pouvait être qu'un dément don de voyance, voire un dénouement aussi impensable !

Là-dessus, qui déboule ? Osmane !

— De quoi vous parlez ? qu'il s'enquiert.

— De rien, de rien… s'empresse de le rassurer Burnous.

Il est reparti. Il avait à faire.

Retour de Toufik, on l'a aidé à tout décharger.

Atelier brownies dans la cuisine. Il était trop tard pour goûter, alors on a dit : ce sera le dessert.

Le dîner, fabuleux.

Déjà, à peine j'arrive pour me mettre à table, je me fais choper par Osmane :

— C'est quoi, cette tenue ?

— Gucci, je réponds.

Et Osmane à Adiba :

— Tu mets du Gucci, maintenant ? Depuis quand tu mets du Gucci ?

— C'est pas à moi, Osmane ! Je te jure !

Réévaluation d'Osmane à mon endroit :

— D'où sort cet accoutrement grotesque et provocateur ?

Alors que oyez ma tenue : collants noirs que j'avais coupés aux pieds et un grand T-shirt noir

XXL. En Frères Jacques, j'étais! Pas de quoi aveugler un Martien! Et d'ailleurs, tout ça uniquement parce que Toufik même pas en rêve qu'il avait osé entrer dans la boutique femme Gucci de Beyrouth comme j'avais préconisé. Il était allé qu'aux hommes. Et j'avais beau lui expliquer : «Mais purée une boutique c'est pas des toilettes, Toufik, c'est mixte!», il continuait de plaider que certains trucs les hommes les font pas. Son maximum d'audace shopping avait consisté, une fois le T-shirt homme XXL acheté, à entrer dans une supérette prendre la première paire de collants noirs qu'il trouvait, Dieu merci des opaques.

Ensuite, Adiba sert mes pâtes. Ça fait diversion.

Osmane :

— C'est quoi ce truc?

— Orrechiette al dente, que je réponds.

Burnous :

— C'est un plat italien, Osmane.

Osmane, repoussant l'assiette :

— Un vrai Libanais mange pas des plats italiens. On n'en veut pas de ta merde. Elle passera pas nos lèvres.

Les autres, hyper-emmerdés : ils avaient la bouche archi-pleine.

Alors moi :

— C'est juste des pâtes, Osmane. Des sucres lents avec du parmesan et citron râpé dessus. Ça va pas vous tuer.

— Ça ressemble pas à des pâtes, je veux savoir ce que c'est exactement.

— Orrechiette al dente! lui redit Burnous.

— Ce qui signifie?

Personne osait trop répondre. Il a fallu que ce soit moi qui m'y colle :

— Oreilles dures sous la dent.

— Pardon ?

— Oreilles dures sous la dent.

— J'ai pas entendu…

— Oreilles dures sous la dent.

— …

Les autres le nez dans leur assiette, en cas que le maître aurait des vapeurs.

Or, pas du tout. Qu'est-ce que j'ai vu émerger vers la bouche d'Osmane ? Je vous le demande ?

Un sourire !

Un sourire solaire qui le transfigurait Paille d'Or.

— Hiiiiihiiiiiiihiiii, qu'ils faisaient, les autres.

— Sid'bouzak ! a gueulé Osmane, les cheveux subitement en l'air et les pupilles toutes blanches à la Nosferatu.

Plus un bruit, dis donc.

Sans trop m'avancer, je dirais que le sens de ce « sid'bouzak » tourne autour d'une injonction au silence.

Samedi

Je vous le fais crescendo.

Ce matin, aux aurores, vers les neuf heures, je suis réveillée par des vociférations en provenance du salon. On se serait cru à l'Assemblée nationale un jour de vote de suppression des voitures de fonction dans la députation. J'enfile mes leggings, mon T-shirt, je suis prête. La toilette, on la fera après, je me dis. Juste, détour par la salle de bains pour me donner bonne mine. Toufik ayant évidemment oublié de m'acheter le pinceau en poney que j'avais demandé, je m'étale un peu de blush comme je peux avec le blaireau d'Osmane (d'ailleurs à l'occasion, j'aimerais bien qu'il me montre au juste ce qu'il se rase, le barbu). Ces choses faites, je débarque dans la pièce et je trouve quoi ? Ma bande, debout, piaillante, Osmane en tête et par conséquent autorisant tous les débordements, ceci vous expliquant pourquoi ma bande crachait des mollards gros comme des Chamallows sur le poste qu'Adiba, chiffon à la main, du coup elle arrêtait pas d'astiquer.

Personne fait gaffe à moi, j'aurais pris la tire et l'aurais fait descendre en roue libre jusqu'à l'ambassade de France de Beyrouth, y'en a pas un qui s'en serait rendu compte.

Me concentrant mieux sur les images de la télé, je réalise que ces jerrycans de salive gaspillée, c'est pour ce pauvre Joël !

— Femelle ! Femelle ! hurlait ma bande.

— Va te faire voir chez les Grecs !

— Tapette à fauvettes !

Méprise totale, ils prenaient mon Joël pour un gay. Vu le contexte, il eût été difficile de les en blâmer. L'équivoque était palpable. On avait Joël grand cadre avec environ soixante énormes machins décalotés au ras des lèvres, salivant un peu sur tous, ne sachant lequel se prendre en pleine bouche en premier tant c'était la folie des propositions. Le jeune acteur de *La Mort à Venise* se rendant pour la première fois à une partouze n'aurait pas eu l'air plus hésitant.

J'étais fort surprise. Je connais Joël. Il n'est ni gai ni gay. On sait de quoi est fait un homme dont on partage la couche, bon sang ! Joël est mon petit ami dans une histoire qui dure, je dirais, grosso modo, à vue de nez, au palpé-jugé, depuis environ six mois. C'est un hétéro pur jus avec jusqu'à une petite tendance à la pubissophilie. Et, doit-on le répéter encore et encore : ce n'est pas parce qu'un type met des vestes à fleurs avec des cols en pécari que c'est forcément une toutoune.

C'est alors que, m'avançant pour mieux inspecter la teneur des images que j'avais sous les yeux, les écailles me sont tombées des yeux :

— Mais, bande d'abrutis, c'est des micros ! que j'ai fait.

Ils se sont tous retournés vers moi, découvrant ma présence :

— C'est seulement des micros, que j'ai dit.

Là, Burnous, il a demandé :

— De quoi tu parles ?

— De quoi elle parle ? renchérissaient les autres vers Burnous, comme si Burnous, par une subite envolée de son QI, avait reçu l'itinéraire de ma réponse directement par GPS à l'intérieur de son cerveau.

Je suis allée devant l'écran, et je leur ai montré :

— C'est gris, c'est capitonné : c'est des micros.

J'étais claire, non ?

Eh ben, Osmane :

— Quoi ? Quoi ? Quoi ?

— C'est des micros, mon gros.

Et lui :

— Évidemment, c'est des micros ! Nous prends pas pour des connards ! On le sait que c'est un micro ! On le sait, putain !!! Putain, on le sait !!! Qu'est-ce tu croyais que c'était d'autre, putain ?

— Ah.

Telle fut ma subtilissime réaction. Y a des moments dans la vie où il faut savoir plier langage. Le fait que j'avais pris pour une forêt de glands incandescents de simples outils de communication du monde, et pareillement la pertinence qu'un freudien aurait pu voir dans cette confusion, il me sembla que ça ne regardait pas ces machos immémoriaux.

Enjointe à m'exprimer par Osmane, je m'en tins à un prudent :

— Ben, je croyais que c'était…

— Oui ?

— Ben…

— Je te conseille de parler.

L'heure était à proférer quelque chose.

— Des ogives ? j'ai proposé.

Osmane, sur le cul :

— Des ogives ? Nucléaires ?

— Euh… ouais, nucléaires. C'en est pas ?

Déjà qu'il m'avait souri la veille, là maintenant carrément il se bidonnait :

— AAAAAAAAAHAAAAAAAH !

De là, liesse d'allégresse dans le groupe.

— AAAAHAAAAAAAAH ! qu'ils faisaient tous.

— Des ogives nucléaires !!!!! AAAAHAAAAAH !

Et Osmane, désignant Joël sur l'écran plasma :

— Non mais tu rêves la Vierge, là ! C'est pas à cette femelle qu'on confierait des ogives nucléaires !

Et les autres :

— AAAAAAAAHAAAAH ! AAAAAAAAAAAAH ! La Vierge !!!! AAAAAAAAHAAAAAAAH !

Bref, je leur faisais passer ce qui s'appelle un bon moment. Osmane, tapotant à côté de lui sur le canapé :

— Viens t'asseoir là.

Ensuite, sans même attendre que je sois bien installée, il s'est mis à zapper comme un fou, cherchant clairement quelque chose dans ses huit cent soixante-dix chaînes. Il a joué, tendu comme un arc, jusqu'à retomber sur Joël.

— Tiens, il a dit, regarde. Là tu vas l'avoir depuis le début.

Les autres se tenaient déjà les côtes en prévision.

Alors on avait Joël, vibrant d'emportements, fraîchement arrivé la veille à Beyrouth, qui était en train de théoriquement plaider ma cause auprès des preneurs d'otage. Je dis bien « théoriquement », parce que c'était plutôt la sienne de cause, qu'en fait il plaidait, tandis que son menton s'avançait patibulaire vers les micros durant son homélie.

Il disait :

— Je sais pas QUI A BIEN PU RACONTER À CE TER-RORISTE DE MES DEUX que j'avais QUOI QUE CE SOIT DE RIQUIQUI, mais en tout cas CETTE PERSONNE, QUELLE QUE SOIT LA SITUATION DANS LAQUELLE ELLE SE TROUVE, doit savoir que je trouve IMMONDE d'aller raconter DES CHOSES FAUSSES. D'autant que je suis SÛR QUE C'EST CETTE PERSONNE qui a LÂCHÉ LE MORCEAU, étant donné que sinon CE FOU DE TER-RORISTE, EN PLUS PLOUC À MORT et pas du tout atti-rant et sans doute PERFORMANT SUR AUCUN PLAN aurait eu AUCUN MOYEN d'avoir ces infos, INFOS PAR AILLEURS FAUSSES…

Ça se poursuivait dans cette veine joviale.

Par bonheur, l'intervention de Joël, qu'on allait retrouver en mondovision non stop toute la jour-née jusque vers cinq heures de l'après-midi, était non seulement entrecoupée d'allocutions de véri-tables officiels parlant rançon et honneur de la France et du Liban, mais en plus, au fil des heures, de plus en plus coupée, carrément. En haut lieu, on avait fini par se rendre compte que ça allait être mieux d'envoyer direct Joël en réhab, plutôt que de le laisser faire dérailler la négo par sa sus-ceptibilité mal placée.

Quoi qu'il en soit, il devenait flagrant, de minute en minute, que la perplexité grandissait à Paris. Les excès et incohérences du discours d'Osmane, loin de jeter le discrédit sur la terroricité de son acte, avaient en quelque sorte « assis » chez mes gouvernants une sorte de respect paniqué pour ce terroriste.

Même si c'était sans doute une manip subtile de la part de mon gouvernement, à dix-sept heures, c'était OK pour les cinq cents millions de dollars. La vitesse à laquelle on accepte d'offrir à un barjo ce qu'on refuserait à un être sensé ne laissera jamais de m'étonner.

Osmane lui-même arrivait à peine à le croire.

— Ai-je réussi ? il me demandait.

— Champagne ! je braillais sur mon trampoline, pour qu'on en profite un peu.

Certes, on me ré-avisa qu'ici l'alcool, on en avait pas ah ça non pas de ça chez nous ça non. Je continuais de crier « champagne » parce que tout ce que j'appelle de mes vœux finit par arriver. Et, en effet, c'est ce qui se produisit. Osmane, il partit vers sa chambre et revint avec une bouteille de champagne qu'il gardait planquée sous son matelas pour au cas où il se blesserait pouvoir désinfecter sa plaie.

Bouteille miraculeusement froide.

Ce nirvana aurait duré une éternité si, alors qu'on n'attendait strictement personne, on n'avait pas frappé à la porte. Vous me direz : y compris à l'improviste, ça arrive que des gens frappent à la porte, on n'en meurt pas que des gens frappent à la porte, tous les jours des gens frappent à des portes. Je vous arrête : là, la personne qui avait frappé à la porte, elle l'avait fracassée.

Comme par enchantement, une équipée fanatique était sur notre territoire. Adieu les amateurs, bonjour les fossoyeurs. Ce que j'avais là à deux mètres de moi : à peu près dix hommes en noir, barbus comme des bosquets, avec un lilliputien au milieu, guère positionné « bonhomme et bonhomie vous font leur show ». Osmane, il crispa sa main sur mon bras, me chuchotant :

— Bassoul…

Moi, incertaine :

— Qui signifie?

— C'est Bassoul, le Cruel de Kaboul.

Imaginez mon trouble. Personne n'aime croiser le chemin d'un type dont le surnom est le Cruel de Kaboul. Il était petit, donc, pointu et ciselé faïence derrière ses poils. Un œil bleu, un œil marron. Des mains de lutin qu'il essayait de rendre plus longues au moyen de faux ongles. Qu'est-ce que j'oublie? Ah oui, un gros scorpion dans sa mimine qu'il cajolait comme si que c'était Félix le Chat en personne.

— Eh oui, se mit-il à parler aux autres, c'est moi Bassoul de Kaboul.

Et especially pour Osmane :

— Surpris de me voir, han han han, hein Osmane?

Il avait une manière de ricaner sans du tout se marrer, très cache-ta-joie, qui donna pas trop envie à Osmane de réagir.

— Que t'arrive-t-il, demanda Bassoul de Kaboul via le mince filet d'air qui fusait de ses lèvres pincées, serais-tu subitement devenu muet?

Ouais.

— Où est la femme? demanda Bassoul de Kaboul.

Mirot, en plus.

Osmane mouftait toujours pas, sa main sur mon bras n'avait pas bougé.

— Très bien, annonça Bassoul de Kaboul, eh bien ssssouate, je vais la chercher moi-même.

Il nous passa en revue un à un, scrupuleusement, et puis quand il arriva à moi, loin de s'arrêter il continua, et puis c'est seulement après quand il recommença qu'il m'adressa la parole :

— Mais, qu'avons-nous là? Une femme!

Osmane, serrant un peu plus mon bras :

— Bassoul, je t'en conjure, laisse cette femme tranquille.

— Tu n'es pas en mesure de conjurer, Osmane. Nous tenons ta maison en respect.

Et, à moi :

— Lève-toi, crécelle.

Ce qui fut fait. On ne peut pas contrarier les mabouls, je me tue à vous le dire.

— Avance-toi, putain.

C'était pas une injure comme dans la bouche d'Osmane, voyez, là c'est vraiment à moi qu'il parlait, Maboul de Kaboul.

Une fois devant lui, je pus mieux voir la bouille de son scorpion.

— As-tu peur ? qu'il me demanda, en me brandissant son machin.

Moi :

— Oh oui.

Pas contrarier un maboul.

Et lui :

— As-tu peur des scorpions ?

— Oh oui.

— As-tu peur au-delà de la frayeur ?

— Oh oui.

— As-tu peur au-delà de toutes peurs dans la terreur des frayeurs dans la tiédeur de tes humeurs ?

— Hein ?

— Tais-toi, effrontée !

J'avais rien dit !

Ensuite, il est allé vers Osmane :

— Osmane, tu ne croyais quand même pas empocher cinq cents millions de dollars comme ça rien que pour toi, alors que tu n'es qu'un pauvre idéaliste qui lit Michel Déon.

Osmane, on voyait que c'était un moment tragique pour lui. Où il était mis à nu dans ses vices les plus fous.

— Bassoul, que comptes-tu faire ? se borna-t-il à demander.

— Eh bien, je vais tous vous enfermer pour cette nuit. Et après quand on aura l'argent, je vais tous vous tuer et vous allez tous mourir.

Comme par enchantement, on nous traîna sans plus de préambules de courette en courette jusqu'à un endroit plus noir qu'une âme d'échangiste, où nous fûmes jetés Osmane et moi dans le même réduit tandis qu'on emmenait les autres plus loin.

— Mais où sommes-nous ? s'engorgea Osmane au fur et à mesure que ses yeux s'habituaient à l'obscurité.

Moi qui avais reconnu mon lit :

— Welcome dans la case à mère Teresa !

— Ce salaud nous a jetés dans un cachot.

— Bingo !

Et Osmane dans la seconde se rua à se blottir dans mes bras. Parce que trop c'était trop.

Dimanche

Bien.

J'ai été héroïque. C'est pas à vous que je vais expliquer combien c'est acrobatique de connecter olé olé un type en descente d'acide. Or, tel était exactement le tour qu'allait prendre ma night tandis que j'en étais réduite à bercer le sublime Osmane. On frôlait le trip pas tonique. Mon prédateur était au bout du rouldingue. Ah, il était loin, le présupposé comme quoi l'homme est plus fort que les éléments et la femme un petit être à protéger des bêtes. Même Joël à genoux pour quémander d'aller avec moi à la soirée des Oscars aurait pas osé se blottir à ce point contre mon sein.

— Ça va aller, ça va aller... je le tapotais, ciblant à mort le côté optimiste de toute destinée croisant la mienne.

Hélas, ça le comblait tintin. Il se blottissait de plus belle. Pauvre Osmane, il avait jamais vécu un truc pareil. Normalement, c'était un lynx, il bouffait du sphinx. Et là, on le mettait en cage dans quasi une litière. Non, je reconnais, il y avait de quoi le démoraliser.

Faut faire parler les découragés, comme chacun sait.

— Bon alors, c'est qui ce Bassoul? j'ai essayé d'amorcer.

— Je le déteste.

— D'où il sort, par exemple? je le recadrais.

— Il est méchant.

— Mais encore?

— Méchant. Méchant. Méchant.

OK. Tante Geronimo me disait toujours : « Si tu décides pas qu'un homme est un homme, espère pas en voir. » Voilà pourquoi je décidai que ce garçonnet, j'allais le remonter à la chignole du puits sans fond de défaitisme dans lequel il était. On ne pouvait pas argumenter par des mots? Qu'à cela ne tienne, on allait se la tenter par des gestes. Je commençai par lui patouiller le dos, il se laissa faire. Ensuite, un peu plus bas dans le dos, style « les reins source de tout bien ». Ensuite, un peu plus bas que le dos, là dans une ambiance très nettement « je suis pas ta mère ». En passant la seconde, pour ainsi dire. Je rappelle qu'on était coincés dans une studette de 7 m², en pleine nuit, et que donc celle qui a envie de dire que j'aurais pu quand même trouver autre chose à faire en pareille occasion, qu'elle me dise quoi !

Osmane bruissait en silence de ce fameux chant du « qui-ne-dit-mot-consent » bien connu de mes services.

Nous eûmes cette surprise, cet homme et moi, de voir glisser mes doigts alléchés aux alentours des genoux virils dont on a étudié en amont de cette histoire en quoi ils étaient classés zone stratégique chez Osmane. Dingue : ma main allait toute seule au bercail. Qui-ne-dit-mot-consent commença de babiller. Bon signe? Approchai-je du dolmen ? Point encore, car je ne trouvai rien à l'endroit habituel du dolmen. Je m'échinai furetant vers les genoux, or toujours rien, quand la voix succulente d'Osmane me murmura :

— Plus haut.

Bon, je remonte un cran. Et lui :

— Encore plus haut.

Oh ?

Devinez où était ce fichu dolmen : remonté jusque presque sous le menton d'Osmane ! Ah le désarroi l'avait mis dans un état, mon kamikaze !

Bon, vous connaissez les lois de la navigation : une fois qu'on a trouvé le gouvernail, le bateau peut enfin prendre de la vitesse.

Osmane ôta illico sa djellaba dans ce que je lui assurai être un temps record, même si c'était clair que j'avais été plus rapide que lui sur ce coup-là. Mon abéyé gisait sur le sol depuis un petit moment déjà.

Le corps du type était blanc, d'une douceur de lait. Autant cet homme était barbu, autant zéro pilosité sur le body. J'étais partie à ne pas chercher d'explication à ce miracle épidermique quand Osmane m'avoua qu'avant toute nuit déterminante il se rasait intégralement le corps pour être raccord avec le satin flûté de la femme.

Moi :

— Mais comment tu pouvais le prévoir, Osmane, que c'était ce soir qu'on allait mieux se connaître ?

Il m'avoua encore que ce matin, en me voyant dans mon bain, c'était pas une vive réaction qu'il avait eue, c'était carrément un big bang du boomerang qui avait nécessité une douche glacée et rapide au Kärcher à l'angle du garage. Et que cet après-midi, entrant dans le salon et tombant sur nous tous devant *Arabesques*, ça l'avait excité grand cadre de m'imaginer faisant plein de trucs avec Jessica Fletcher et que par voie de consé-quence(s), en quelque sorte, il avait accepté l'idée que je lui plaisais atrocement. Du coup, il avait décidé de se faire beau. Explication, par la même occasion, de pourquoi on ne l'avait pas vu de l'après-midi. En fait, il se rasait.

Là-dessus, il voulut se coucher sur moi. Je le retournai of course comme une crêpe, j'allais pas moi me pilonner le dos sur le tapis de fakir qui nous servait de plumard. Bien que râlant, il consentit à me laisser la vue.

C'était pas gagné pour autant. Why ? On n'était peut-être pas à cent pour cent d'accord sur l'esprit général de la bamboula. Mettez-vous une minute à ma place : moi, j'avais enfin à portée de main un prédateur majeur aux mille dangerosités. C'était juste logique que je lui demande genre de froncer les yeux, de prendre une voix grave et de me com-mander, non ? Eh ben non, eh ben c'est pas ce qu'il voulait faire. Lui, il voulait que je sois une vraie dame. Il voulait m'appeler « ma mie » dans tous les cas de figures. Il voulait mon front contre son front et la promesse des serments. Il voulait du cil à cil dans la pénombre ésotérique.

Sorry, mais il me touchait partout avec l'index sans appuyer, ça me faisait peanuts.

— Tu es la fiancée de mon âme, il disait.

— Ouais, ça ouais.

— Tu es le respect joyeux de l'esprit, il disait.

— OK.

Des fois, il chantonnait :

— Tu es le bourgeon d'un cœur, le miel et la saveur, le suc et la saveur, le musc et la saveueueueueur...

Même, à un moment, les autres dans la cellule à côté, ils ont crié :

— La ferme !

Parce que autant vous dire que les Toufiks et compagnie, c'était fini la hiérarchie. Ils n'avaient plus de chef.

Tout ça pour expliquer que ma nuit de tous les dangers fut sans doute, ça me fait mal de devoir l'admettre, la plus romantique de ma carrière. Osmane The Famous One voulut jamais ni me mordre l'oreille pour de vrai, ni me fouetter avec deux doigts, ni m'appeler « l'esclave du conclave », ni même se laisser effeuiller le thym-thym, et encore moins me gazouiller le mot en arabe pour péripatéticienne. J'essayais de tricher :

— Osmane, je chuchotai à son oreille, comment on dit « plage » en anglais ?

— Beach.

— Comment ?

— Beach.

— Hein ?

— Beach

— Redis-le voir…

— Beach.

Ça m'a fait mon quatre heures.

Quand tout a été fini, Osmane étendu contre mon corps il a dit :

— Est-ce que tu voudrais m'épouser ?

Fichtre chaos.

— Euh, beh euh… euh…

— Je suis sûre que tu t'entendrais bien avec mes autres femmes.

Ouh…

— Oh ?

— Leur peau est douce.

— Ah ben faudrait peut-être alors dans ce cas…

Stop ! Je me suis raisonnée. Tous les kifs ne sont pas bons à prendre. Autant c'était archi-tentant de partager légal un homme dans le cadre dément du mariage – juste une fois pour voir, quoi ! – autant je sais que je me serais lassée, je me connais. Un beau jour, je serais partie, j'aurais laissé ces gens chancelants de manque et d'abandon.

Il était six heures du matin, le jour allait se lever. J'ai regardé en longueur par la fente de la piaule, j'ai dit à Osmane :

— Bon, et à part ça : c'est quoi, la suite ?

Et lui, post coïtum à fond parce que je répondais pas yes de suite à sa proposition de mariage :

— On va tous mourir.

C'est là que j'ai décidé de prendre le taureau par les cornes. On n'allait pas du tout tous mourir, et puis quoi encore !

J'ai annoncé :

— Écoute Osmane, tu vas faire ce que je dis.

Et lui :

— Pardon ?

Et moi :

— Obéis. Je peux sauver nos vies.

Mon plan, il était simple.

Mon plan :

Alerté par ma simulation de cris déchirants, le type qui gardait notre piaule a fini par se réveiller :

— Que se passe-t-il là-dedans ? nous a-t-il tancés, à travers la porte.

Osmane, briefé par moi, il hurlait :

— J'étrangle la femme, comme ça personne aura d'argent ! J'étrangle la femme, putain ! Putain, je l'étrangle ! Elle est tout étranglée, putain !

Une seconde plus tard, la porte s'ouvrait, geôlier bondissant :

— Ne fais pas ça, je t'interdis ! prévenait ce simplet, sa mitraillette à la main.

Moi, vlan, un coup vers ses grenades reproductrices. Il pouvait plus en placer une, tant c'est pas sur ce ton que les demoiselles le traitaient d'habitude. Il titubait traumatisé, la mitraillette maintenant loin de lui. Osmane, stupéfait de ma motricité, avait pourtant pas trop le temps de commenter : on avait un planning. Aussitôt il récupérait la mitraillette et avec la crosse il collait une contusion de sûreté au vigile. Aussitôt, il prenait le trousseau de clefs et il ouvrait la cellule de la bande, que d'ailleurs on a réveillée. Aussitôt, on filait vers le garage où, dans un coffre, Osmane gardait ses armes secrètes. Aussitôt ouste à notre caisse, puisqu'une partie du programme, qui consistait à trouver les clefs des autres caisses, s'avéra peine perdue, on trouvait aucune clef nulle part. Aussitôt pof notre caisse qui démarrait.

Sur ce dernier point, faisons comme la voiture, j'ai envie de dire : prenons notre temps. En effet, Toufik, il avait beau mettre et remettre le contact, notre caisse elle avait aucune raison de se réveiller plus la nuit que le jour. On mettait en marche que nos nerfs.

Toutes les lumières de la maison se sont allumées. L'instant d'après, les barbus jaillissaient. De justesse, on a évité les premières balles jusqu'à ce que Bassoul apparaisse en personne sur le perron, jambes à l'air dans une chemise de grand-père, et ordonne :

— Cessez le feu ! Je veux la femme vivante !

Les autres, obéissants, ils demeuraient mine de rien accroupis dans la position bien connue du tireur.

Bassoul s'est avancé vers la caisse où on était tapis.

— Que la femme sorte, il a dit.

Si je sortais, les autres étaient morts.

— Nan, j'ai répondu.

Il s'est penché pour mieux analyser l'intérieur de la voiture. Il m'a isolée dans le groupe, zou il m'a lancé son scorpion sur le torse.

— Au secours! Au secours! beuglaient les autres à côté de moi.

Sauf que, figurez-vous, j'en ai passé des nuits à mater Planète. Y a pas un documentaire animalier qui a échappé à mon entendement. Je sais que les scorpions ne peuvent pas être apprivoisés. Sans même jeter un regard à la bestiole, j'ai dit à Bassoul, droit dans les yeux en lui rebalançant sa bestiole :

— Il a pas de queue. Il est inoffensif.

Et à Toufik, j'ai dit :

— Démarre, on se casse.

Par magie le moteur, sans doute content qu'on lui ait laissé le temps de souffler, a bien voulu s'enclencher. On partait.

— Tirez dans les pneux! clamait Bassoul.

Trop tard, on n'était déjà plus là.

Pendant qu'on fonçait (c'était en pente), Burnous éberlué m'a demandé :

— Comment tu savais qu'il avait pas de queue?

— Ça se voyait, biquet.

— Oui mais sa chemise quand même elle était longue...

— Je parlais du scorpion.

Même avec des cours par correspondance, un prof à domicile et un recteur d'académie commandité par la mafia, il était irrécupérable, ce pauvre Burnous.

On roulait somme toute assez peinards, sans que personne semble remarquer l'évidence. Seule Adiba, décidément futée, a fini par demander :

— Pourquoi personne nous suit ?

C'est là qu'Osmane a annoncé :

— J'ai enduit d'Instant Glu, dans chaque voiture, là l'endroit précis où ils allaient mettre leurs clefs de contact.

— Osmane, fabuleux ! qu'ils s'extasiaient tous.

— T'es le plus fort !

— T'es le plus grand !

— T'es le plus viril !

Adiba, émue aux larmes d'être co-sanguine avec ce demi-dieu :

— Comment tu as pensé ?

Osmane :

— Je pense à tout.

— Ô Osmane ! Ô Osmane !

Ils avaient à nouveau un chef.

À un regard qu'Osmane me lança, je compris combien il me savait gré de pas trop commenter qui exactement avait eu l'idée de la colle en premier.

— Où on va ? a demandé Toufik.

— À Beyrouth.

— Mais…

— On va la rendre.

Et tous en pleurs :

— Oh non !!!!

C'était mon deal avec Osmane. Moi, je le sortais de cette mélancolie à la « on va tous mourir », et je lui restituais son statut de chef. Lui, en échange, il me rendait à la France même si c'était à Joël. La rançon, ce serait celle de la gloire. On peut pas tout avoir. Moi, par exemple, j'allais avoir que Joël.

Je savais où trouver Joël. Ce petit branché ne peut pas supporter autre chose que the best, raison pour laquelle son choix s'est porté sur moi. Ceci étant également cause que, dans chaque ville, il descend toujours dans l'hôtel le plus in. Je savais qu'on le retrouverait à l'Albergo. Y avait eu tout un reportage sur cet hôtel dans *Wallpaper*.

Je ne me trompais pas. À peine on a demandé le numéro de sa chambre à la réception, tout de suite ça a été « Mais oui messieurs dames, mais très certainement messieurs dames, mais pour vous servir messieurs dames ». J'ai juste eu le temps de serrer Toufik, Burnous, Fouad et Adiba dans mes bras, après j'ai dû les quitter. Ils larmoyaient, ça me fendait le cœur.

— Allez sur mon blog! je leur criais en entrant dans l'ascenseur.

Osmane et moi on est arrivé à l'étage de Joël. On a frappé à la porte. Joël a ouvert. Il était en peignoir.

Moi :

— Helllllllo !!!

Tronche de Joël.

— Mais, qu'est-ce que tu fais là? il a dit.

Il était sous le coup de l'abasourdissement le plus radical, les bras plus ballants que des testicules d'octogénaire. On sentait que si y a bien un truc à quoi il s'attendait pas, c'était de retrouver dans Beyrouth sa petite chérie en leggings et maxi T-shirt à une heure matinale où d'habitude elle commence sa nuit.

Là-dessus, une voix féminine :

— Joël, tu es où, mon chou?

Et devant nous une fille entièrement nue. La première gênée par la situation, les paumes à plat devant sa futaie en guise de bonne foi.

Joël, hyper-emmerdé, me broyant un doigt :

— Écoute, je peux tout t'expliquer : cette fille, c'est quelqu'un de l'ambassade.

La fille en question :

— Ah bon ? Pourtant excuse-moi mais elle n'a pas du tout une tête de diplomate.

Joël, un rien énervé :

— Mais non : pas elle, voyons. TOI.

— Moi ?

— OUI. TOI. TU ES QUELQU'UN DE L'AMBASSADE.

Et la fille :

— Mais je suis pas du tout de l'ambassade, moi ! Eh attends, minute, attends un peu, petit morveux : va pas te mettre dans la tête que c'est l'ambassade qui paie ! Je veux mon argent ! Tout ce qui est vécu est dû. C'est cinq cents dollars la demi-night + les bonus et la nuisette déchirée. Tu paies tout de suite ou t'auras de mes nouvelles !

Foirage plénier de la feinte.

Moi à Joël :

— Je me marre.

Il ne restait plus qu'une porte de sortie au roi du God', il s'est rué dedans :

— Comment oses-tu me parler sur ce ton ! qu'il m'éructait. T'as pas à me faire la morale en quoi que ce soit après ce que tu as dit d'affreux et de dégradant sur mon pouvoir sexuel ! Riquiqui ! Riquiqui ! À cause de ce nase preneur d'otage, le monde entier maintenant pense des trucs horribles sur moi ! T'avais qu'à pas me diffamer auprès d'un plouc ! T'avais qu'à pas raconter des trucs faux qui m'ont foutu l'angoisse ! J'ai le droit de me prouver que je suis encore un homme ! Je suis un homme ! Je suis un homme ! J'ai le droit de vérifier ma virilité ! C'est qu'une vérif', t'as pas à juger ! Et puis de toute manière écoute-moi bien : TU SAIS CE QU'IL TE DIT LE RIQUIQUI ?

Le ton montait à l'Albergo. La tempérance incarnée, j'ai proposé :

— OK, ce qu'on va faire : déjà, tu vas demander à miss Vérif'de rentrer chez elle. Et ensuite, je vais t'expliquer en quoi tu t'équivoques, d'accord ? J'ai jamais rien dit de mal contre…

Et la fille :

— Miss Vérif'! Non mais pour qui elle se prend, cette conne !

À cette seconde, Joël a reconnu Osmane. À quoi je l'ai deviné ? Eh bien au fait qu'à un moment ils étaient de part et d'autre de moi, tandis que l'instant d'après ils ne formaient plus qu'une boule compacte sur le sol de la chambre. À part en leur versant dessus un seau de mercure, bonne chance pour les séparer. En plus, vu la manière dont ils avaient réussi à s'imbriquer tête-bêche et où chacun spontanément avait ses dents et grognait primitif, on n'allait vite plus du tout retrouver le pénis de personne.

J'ai couru en bas aussi vite que j'ai pu, je me suis précipitée sur la caisse et la bande, j'ai dit « Fouad, file-moi ton fouet », j'ai pris le fouet, je suis remontée aussi vite que j'ai pu à la chambre, je me suis penchée aussi bas que j'ai pu vers la boule hurlante qu'ils formaient et là, j'ai annoncé :

— J'ai un fouet de deux mètres, alors le premier qui boulotte le tartuffe de l'autre, j'en fais de l'épeautre.

Ils se sont dessoudés rapide. La fille, elle s'était envolée.

Moi :

— Debout !

Ils se sont levés.

Osmane semblait d'une tristesse infinie. Les belles pages de Michel Déon lui coulaient du front. Je regretterais cet utopiste.

— File, va, y a ta sœur en bas qui a besoin de toi, je lui ai dit.

Il me jetait des prunelles déchirantes.

J'ai souri tendrement :

— Tes femmes t'attendent, cours les voir.

Il a esquissé un sourire, lui aussi. Il savait qu'on devait un jour se séparer. Il m'a serrée contre lui. Ah, je pensais à ce corps qui aurait pu m'en faire voir de tant de couleurs.

— Comment on dit « plage » en anglais, déjà ? j'ai demandé.

— Bitch.

J'étais émue, je vous jure.

— Merci, j'ai dit.

Il est parti.

Il me restait plus que Joël. Il s'avançait vers moi pittoresque, le peignoir ouvert.

— Toi dégage ! je lui ai conseillé.

Il semblait pas comprendre, j'ai brandi le fouet :

— Dégage, mainate.

À voir comment déjà je dégoupillais les lustres, il n'a pas demandé son reste, il a filé.

Je me suis installée devant le petit déjeuner qui était là plein de miam à peine refroidi. Je me suis beurré une tartine, le miel était aux fleurs. Je me suis versé du thé, il était fumé divin. J'ai renversé ma tête en arrière. J'étais là sur la terre levantine, face au jour pour une journée qui s'annonçait printanière et splendide. Le matin mirobolant avec l'air scintillant. La mer devant.

La porte était pas fermée, les gens des services secrets n'ont pas eu à sonner :

— Vous! ils se pâmaient. C'est à peine croyable!
Vous! Au moment même où nous perdions espoir!
Nous étions sans nouvelles depuis hier soir! Nous
nous faisions un sang d'encre! Et vous! Vous!
Vous êtes sortie de leurs griffes. Vous! Ah mon
Dieu, c'est un miracle! Vous!

J'ai avalé une dernière bouchée et j'ai dit :

— Vous avez l'argent ?

8942

Composition
CHESTEROC LTD

Achevé d'imprimer en France (Malesherbes)
par MAURY-IMPRIMEUR
le 16 mars 2009.

Dépôt légal mai 2009.
EAN 9782290017241

ÉDITIONS J'AI LU
87, quai Panhard-et-Levassor, 75013 Paris
Diffusion France et étranger : Flammarion